菜大王家庭 叫癢血淚史
菜朝來了！
圖文
菜朝

圖文並茂笑翻推薦

在網路上活躍的親子作家，通常會寫自己養育小孩得心應手的經驗，但菜朝反其道而行，一邊與大家分享育兒的血淚經驗談，一邊說有小孩人生好幸福美滿，然後又一邊把媽媽（就是我本人）妖魔化……。這種怪咖老爸，我看也只有他了。

——**兔包** 圖文作家

本書讓人見證一個浪子如何變身成為超級好奶爸的奇蹟。

——**海海人生，海豚男！** 圖文作家

菜朝爸爸總是說，乖～等你長大也會跟爸爸一樣大喔！
我心想爸爸你在炫耀你的大鵰的時候，我已經在騎鴕鳥了。

——**爵爵＆貓叔**　圖文作家

菜朝的作品會讓所有父母看了心有戚戚焉，百分百不打折幽默呈現歡笑中帶血淚的真實育兒甘苦談。

——**小雨麻** 親子作家

從爸爸的角度去看跟孩子的互動，用幽默的方式去形容孩子小惡魔的一面，會有一種『喔～原來爸爸是這樣的想法啊』的感覺。我每一次看菜朝的畫都會會心一笑，是一本可以排解掉憂愁的好書吶！

——**可藍** 節目主持人

最貼切卻又無法描述的內心世界；最真實卻又不能表達的夫妻對話；最暴怒卻又必須忍住的親子相處。看完菜朝爸爸的圖文，絕對觸動我們暗黑深處的共鳴之聲，把那些想說但又不敢說出口的話，來個狂笑大釋放吧！

——**澤爸（魏瑋志）** 親職教育講師

潛在菜朝粉絲頁裡已好長一段時間，常在電腦前被這些黑暗圖文惹得狂笑不已。菜朝總是能夠將最不起眼的家中小事，變成一篇篇紓壓的經典小品。在談笑間，也讓我們用較趣味的方式，重新觀看每一次與孩子相處的珍貴時光。

——**蘇明進（老ㄙㄨ老師）** 作家・國小教師

菜大王的話

大家好，我是爹爹界的新人！來簡單訴訴這陣子顧小孩的快樂回憶。

從一個浪子轉變為和藹可親的新手爹爹，
連我自己也是始料未及的，畢竟在計畫外啊！

這本書不是要教各位如何教育小孩，
而是我平時被小孩欺負，喔不，是照顧小孩的經驗談。
基本上小孩模式都是大同小異，
此書內容可以給所有新手父母一個很好的警惕，
喔不，是良好的心理建設！

有了這本書，再也不用猜測有了小孩生活會多苦悶，
我可以說是天天身處在歡樂的幼兒世界裡啊！
順便回憶一下以前當小孩的美好時光。
天啊！現在想想我有小孩真的太棒了！太美好了！
人生從此進入彩色的世界！
我真後悔我怎麼會這麼晚才生小孩（抱頭）。
大家都說照顧小孩超苦超累的根本騙人的嘛！

哼哼，而且書中還規劃了夫妻相處與男人抒發心情的兩個單元，
這兩個主題也絕對會讓你們產生共鳴，
畢竟都是大家會遇到的啊！

不信啊？還不快點翻開下一頁看我娓娓畫來！

菜朝來了！
菜大王家庭叫癢血淚史

目錄

菜朝這一家

菜大王

誓言奪回一家之主地位的文青菜爸，在擁有菜肉雙包之後，從年輕時的狂放少年，轉而成為充滿辛酸故事的家庭主夫。時而慈眉善目（對雙包）、時而溫柔體貼（對魔王兔包），還會偶發性碎碎唸。重申菜皇地位一事仍不時掛在心上。

魔王兔包

是魔界之王、菜肉包之母，遇到菜肉雙包搗蛋時會瞬間魔化，例如頭髮燒光、身上出現戰紋，每一次的暴怒都讓地球產生極大的威脅。不過平時溫順可人，只要順著她的意就可相安無事，曾誓言要統治地球，不過自從被世界的救世主菜大王封印住後，地球目前並無受到威脅。

菜包、肉包

菜大王與魔王的雙胞胎兒子。遺傳魔王基因，急衝搗蛋對他們來說是家常便飯。身為魔童，電力幾乎都是飽和狀態，充飽體力擁有 99999999mah。

PART 1
菜肉雙包育兒記

新手拔拔都有的後遺症

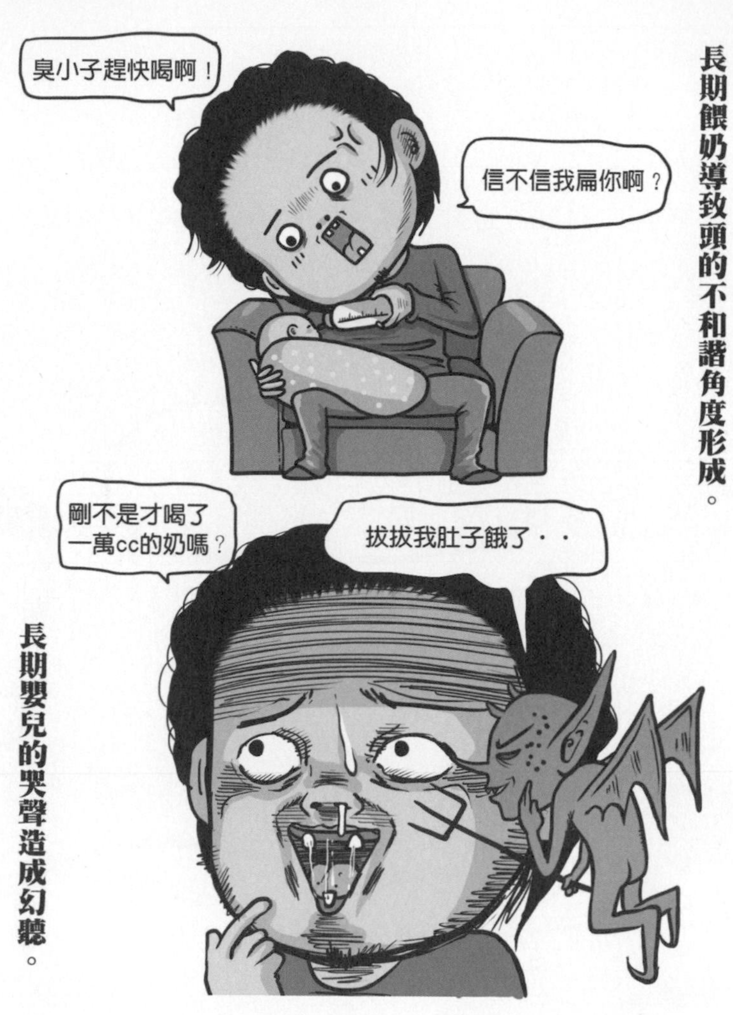

寶寶剛出生真的手忙腳亂。

幫寶寶快樂勤快的洗澡吧！

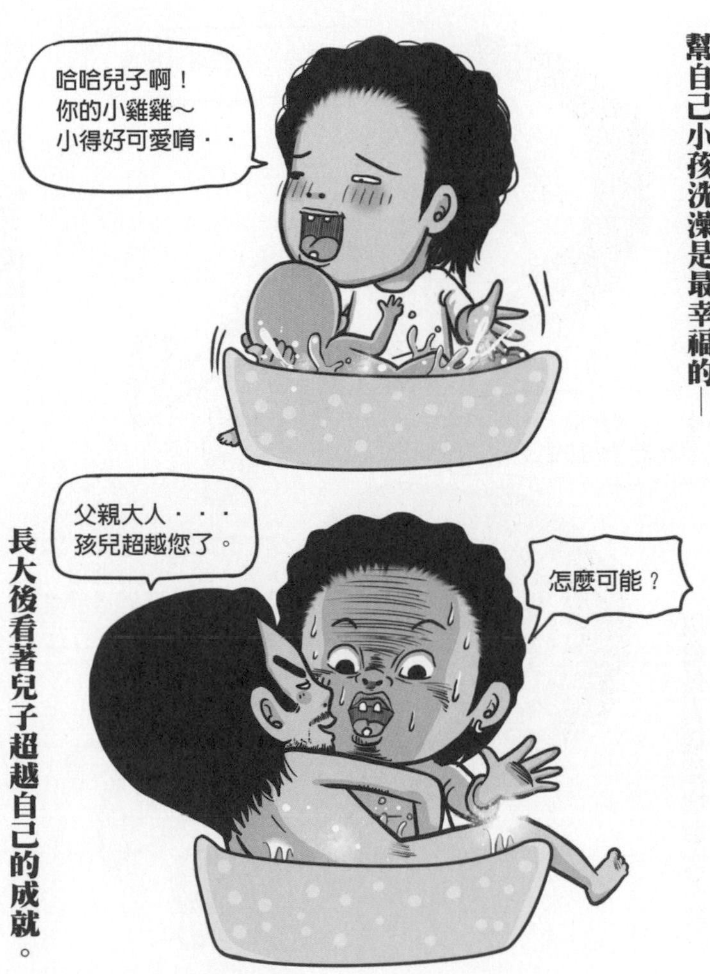

想超越父親，再等一萬年吧。

請盡情擁抱自己的寶寶！

兩個大男人擁抱搞什麼鬼。

善用寶寶腳愛亂踢的習慣！

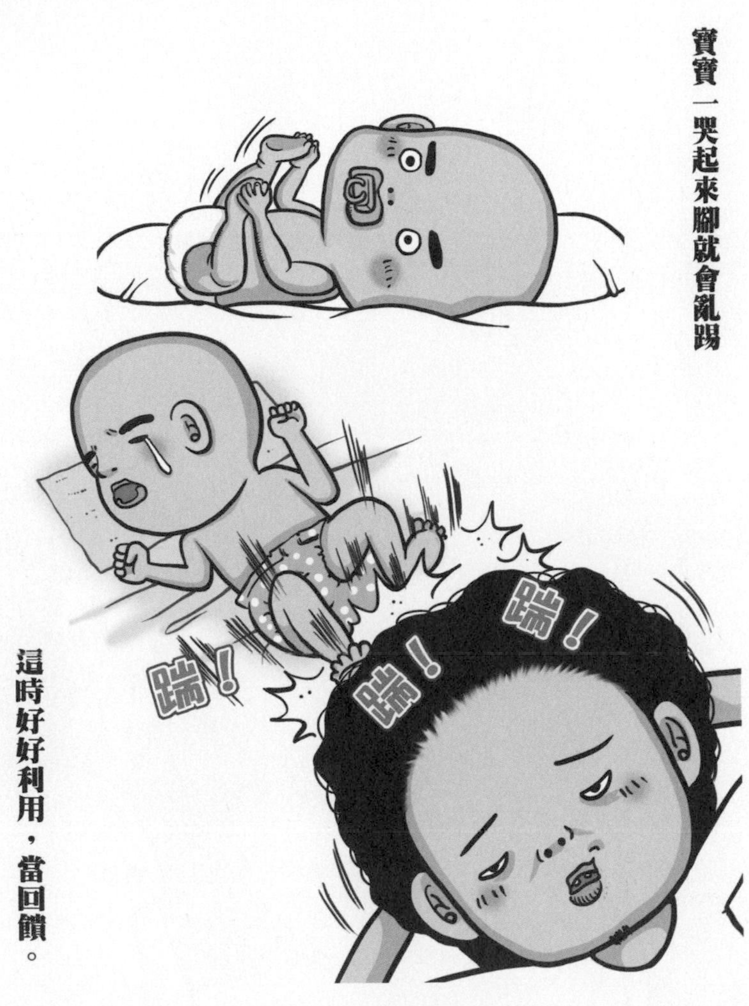

寶寶腳力適中很適合頭部按摩。

對不起，我會更努力打掃．．．
腦公，他們爬出一條星光大道耶．．．

扣子的差別

麻麻扣扣子力求完美精實。

密不通風阻礙他們小鵰成長

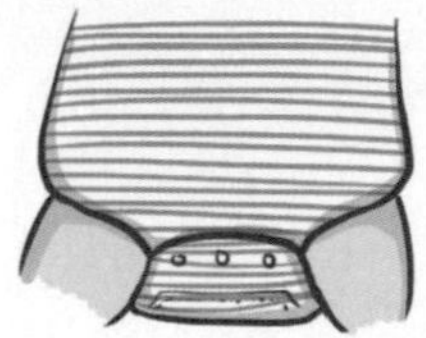

拔拔不扣扣子是因顧及兒子未來。

大鵰養成全方位策略

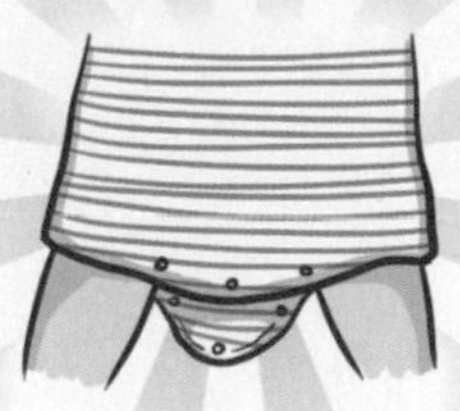

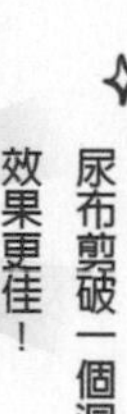

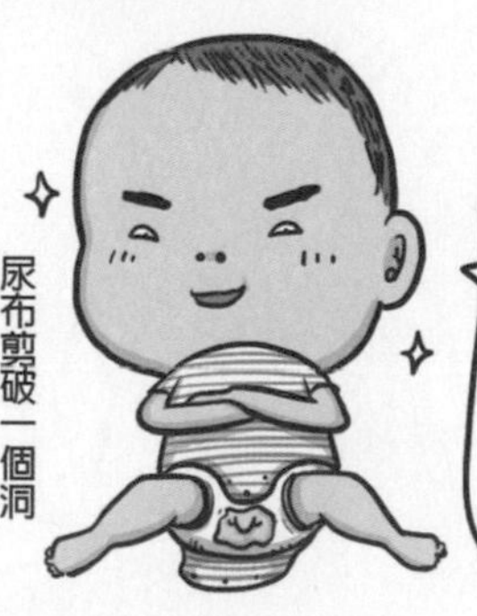

寶寶放屁
呵呵‧‧怎麼這麼可愛啊！
噗
噗
噗
老婆放屁
臭死了‧‧雞‧‧排‧‧
呃‧‧‧！！！！
咦？！‧‧我的天啊‧‧
哪飄來的一股茉莉香啊？
嗯？
轟！
握拳

拔拔愛抱你們睡搞搞・・

但你們不要礙拔拔睡覺啊！

爸爸的肥肚

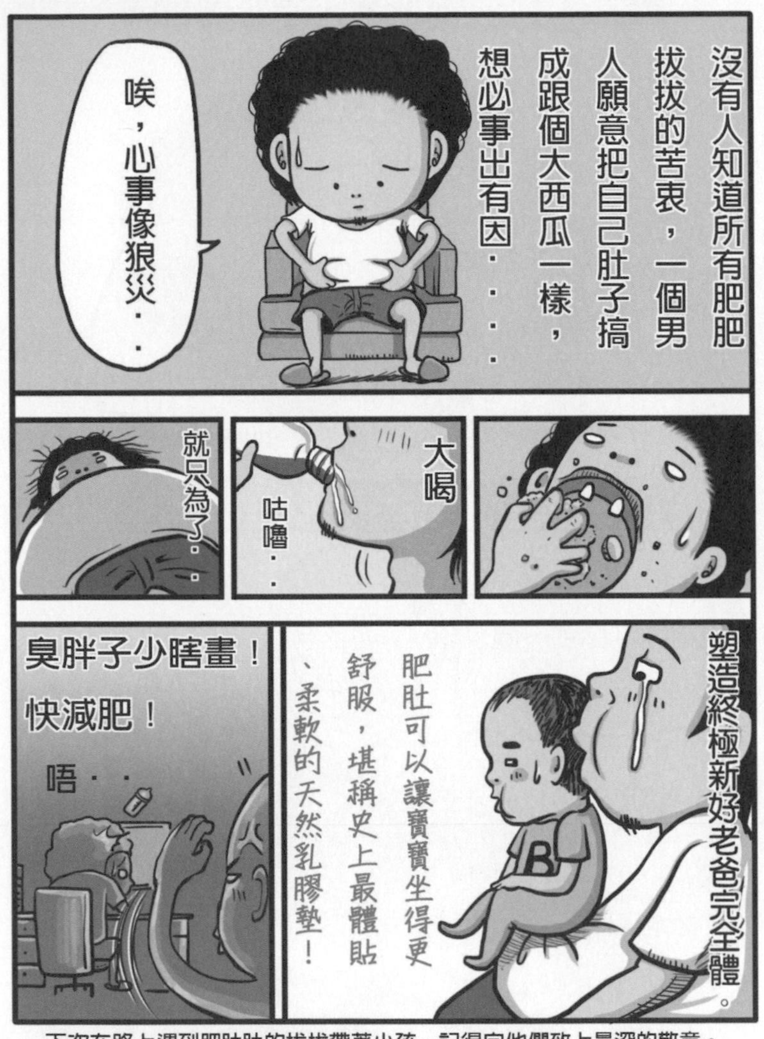

下次在路上遇到肥肚肚的拔拔帶著小孩，記得向他們致上最深的敬意。

~~因為他們一次把二個肚子搞大真的很偉大~~。

人在外沒有椅子坐的時候，
小孩子最需要的．．
終究是高檔的軟墊，懂嗎？
腦公，對不起，
我錯怪你了．．
麻麻真是的。
嗚嗚．．我都不知道
你犧牲這麼大．．．

寶寶的忠誠度

父子情深就因一塊小小的蛋糕瞬間瓦解破局。

後來我也變聰明了。

千萬別阻止男人抖腳

男人抖腳，其實都是為了將來作準備。

拔拔專用—寶寶快速更營養雞排肉食譜
雞豬牛皆可
幹掉牠！
掃墓道歉
雞之墓
懷感恩的心
做絞肉
保鮮盒保存
大蒜
菜刀拍鬆剝皮
把生活不如意
都發洩出並切碎它
保鮮盒保存
白／紅蘿蔔
切薄片
平時被老婆欺負
可發洩出並切丁它
保鮮盒保存
土雞
土雞蛋
呵護老婆般
輕柔的攪拌揉搓
當日製作
洋蔥
切半
平時被主管嚕
可把它當作主管
保鮮盒保存
放米、食材丟電子鍋
我只需翹二郎腿
等待即可。

阿公阿罵不在身邊時的鐵的紀律

阿公阿罵在旁邊時的柔性教育

寶寶的藝術品。

比薩斜塔

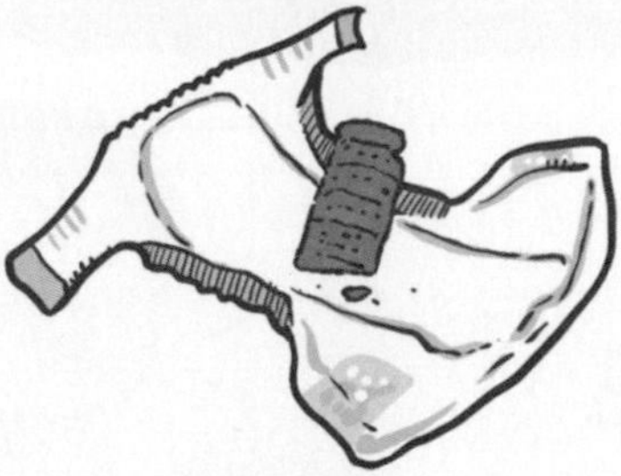

吉薩金字塔

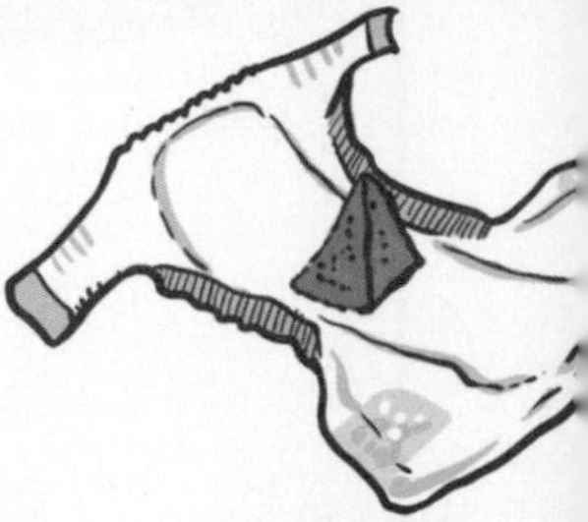

凱旋門

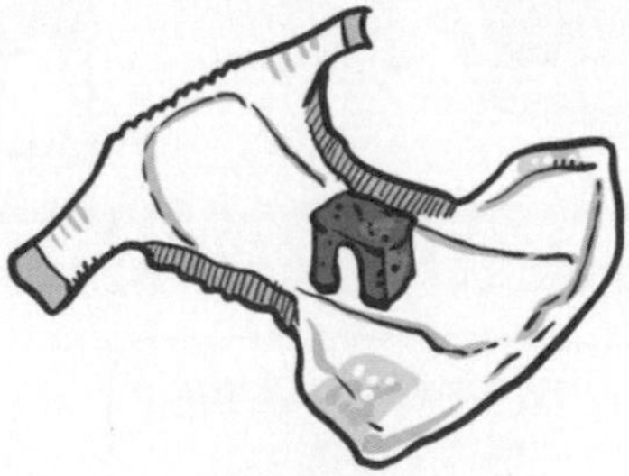

艾爾斯岩

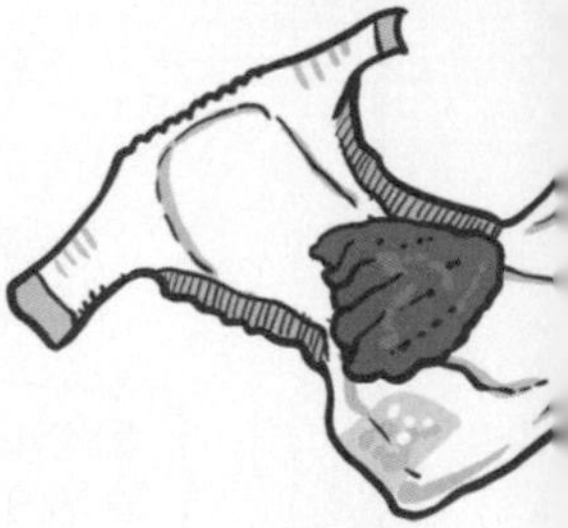

巨石陣

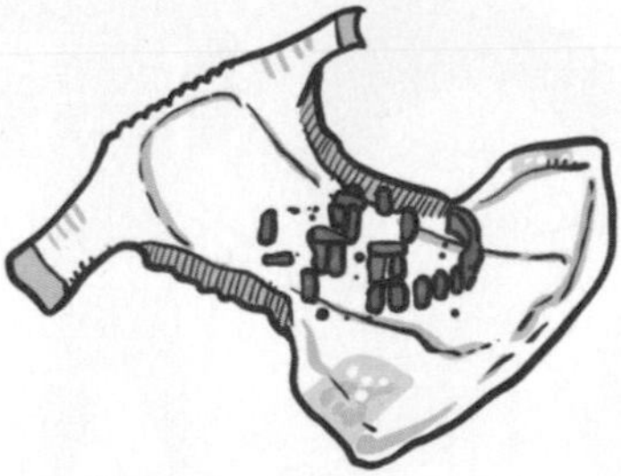

白宮

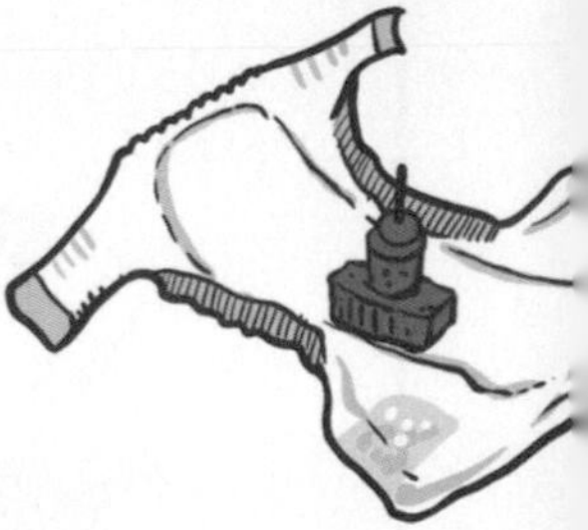

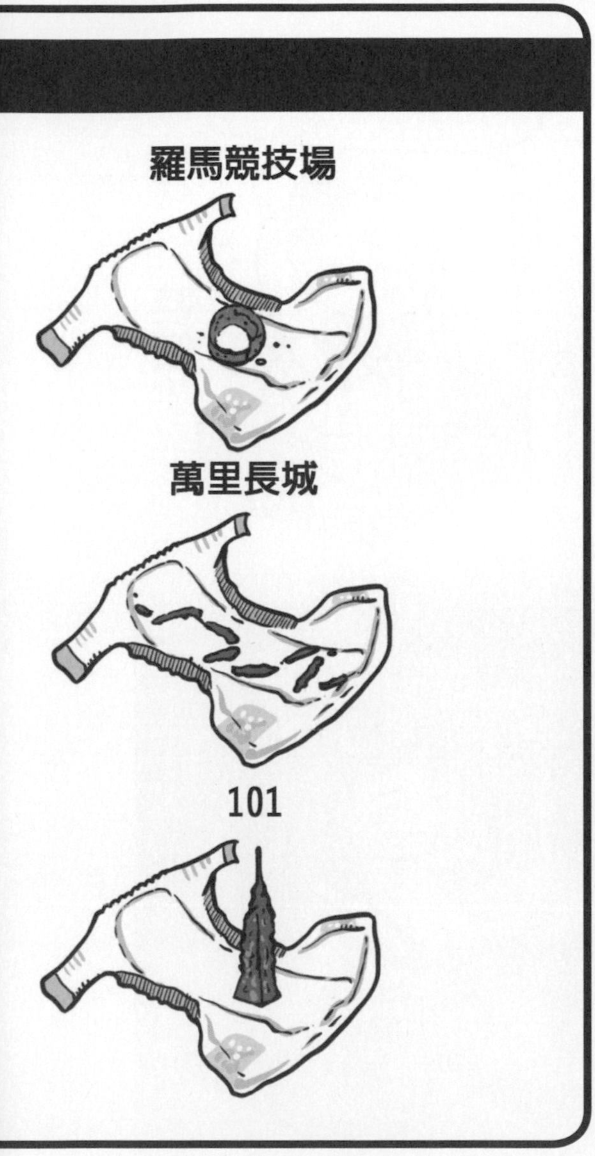
羅馬競技場
萬里長城
101

寶寶坐不住怎辦？

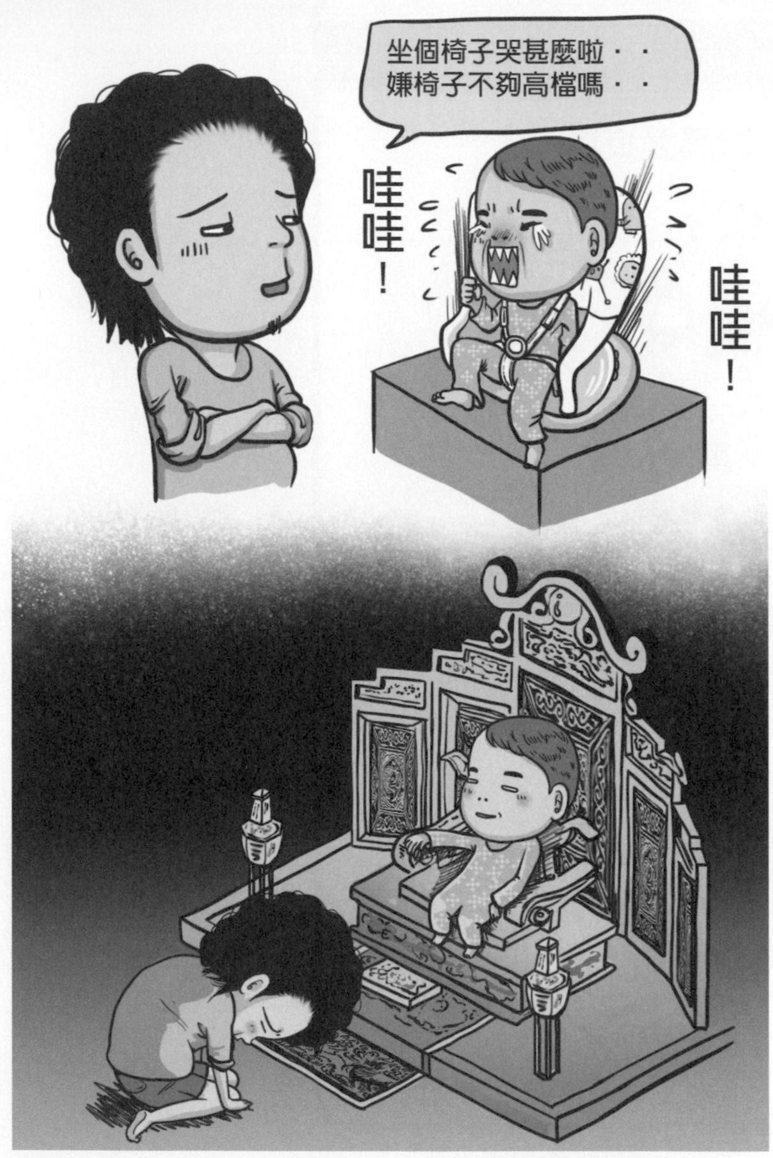

寶寶時常坐不住椅子……換一張就可以搞定！

爸爸練成九陰青屎爪

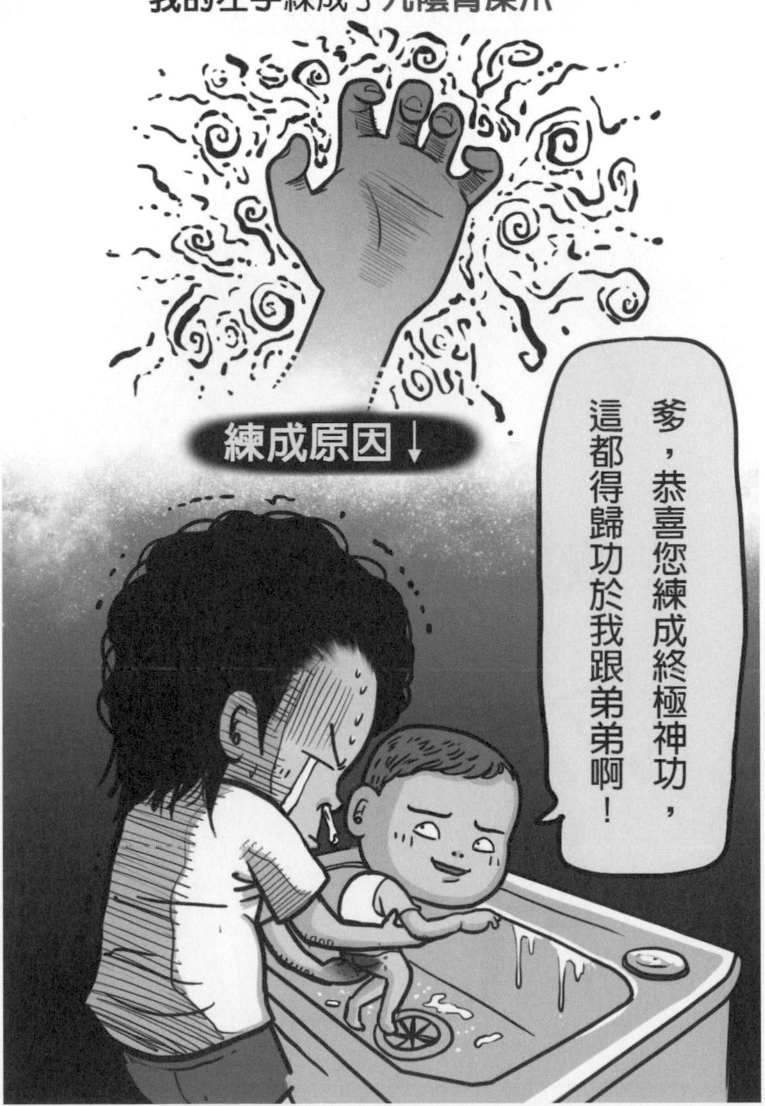

欲練神功，得先摸五萬次屎。

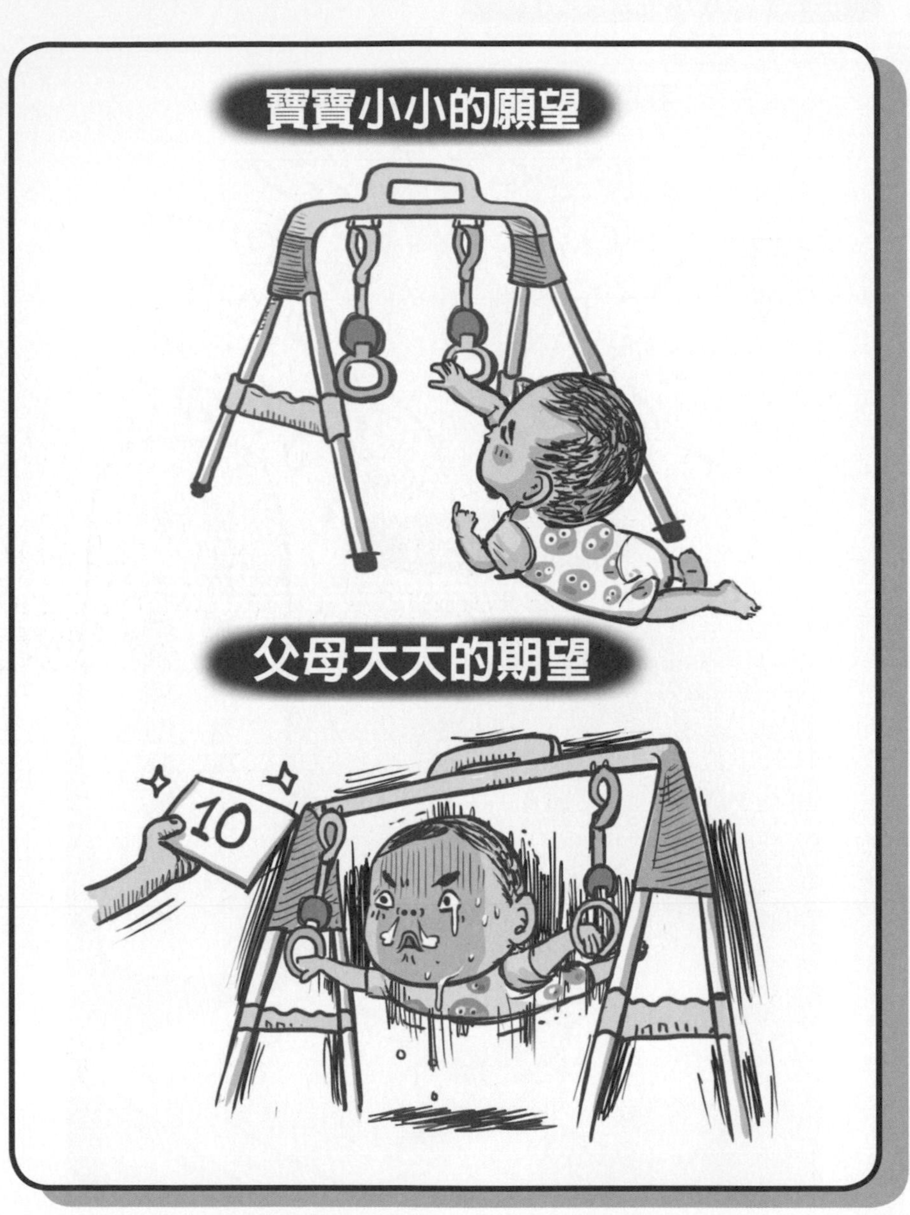
寶寶小小的願望
父母大大的期望
10

寶寶小小的希望

父母大大的盼望

抱寶寶的高度決定價位！

我還是認為我的頭等艙是最棒的。

有寶寶後的家庭裝潢

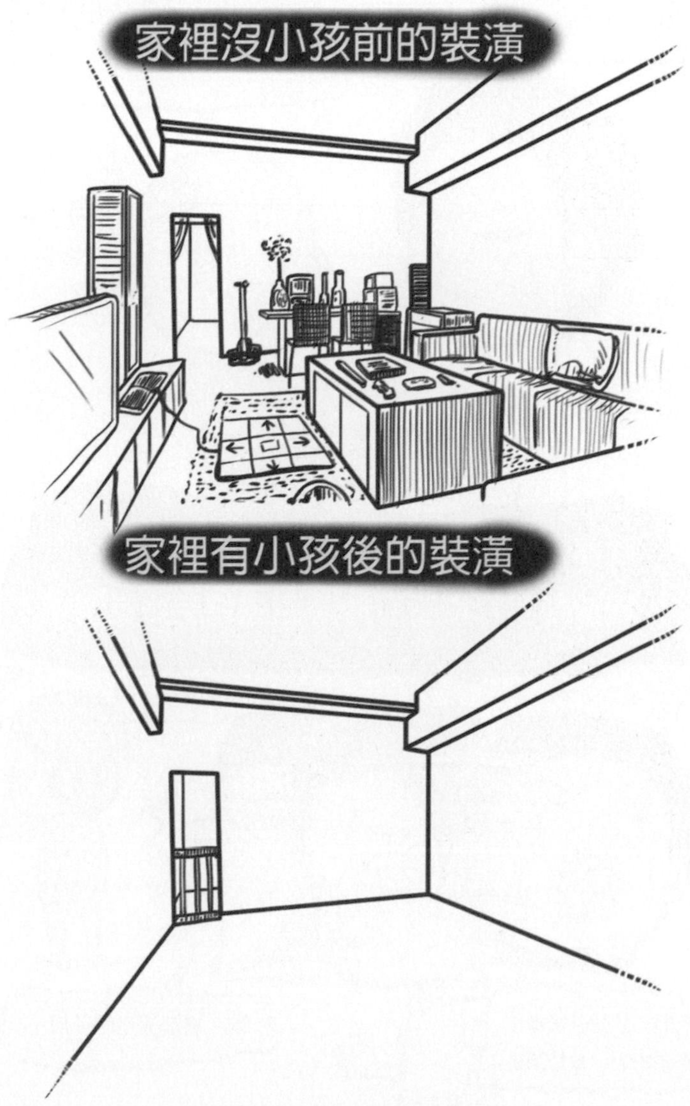

唉，家徒四壁是必須。

大驚小怪

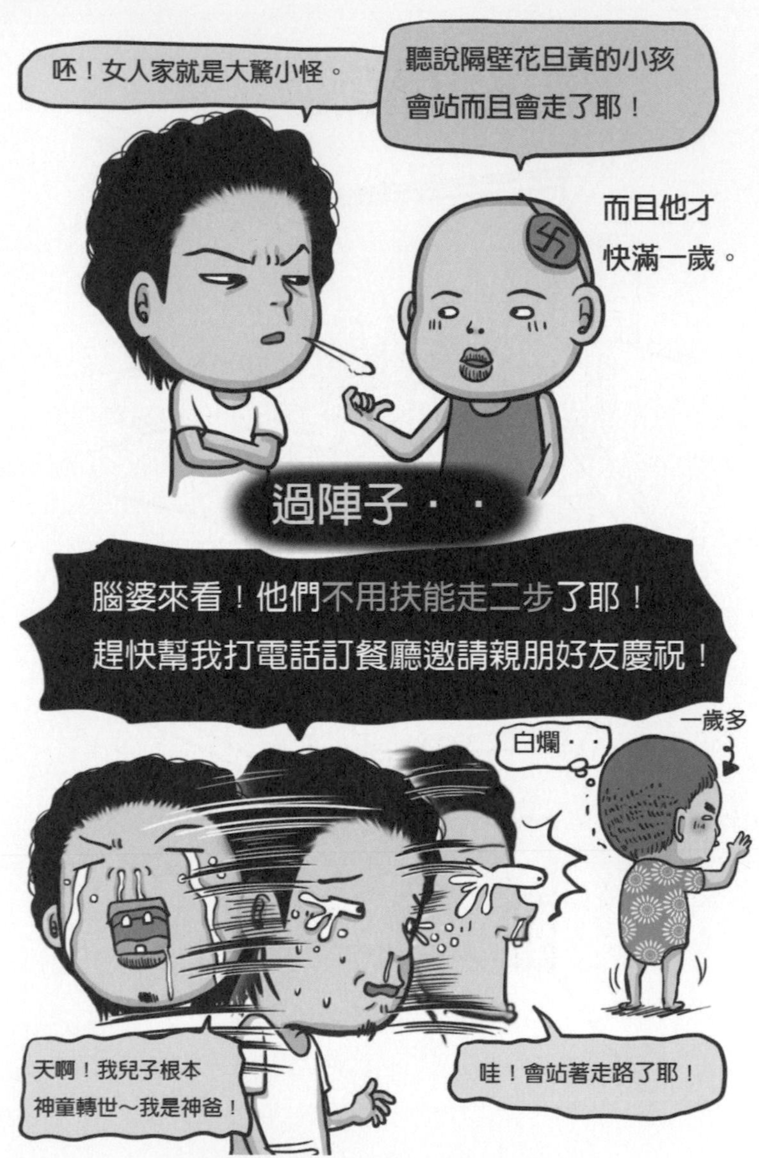

會走路的驚喜到現在都忘不了。

所有老爸在抱小孩絕對
經歷過的小插曲
↓

臭小子站好一點啊！

向寶寶餐椅致敬

處理寶寶用餐善後真的邊罵邊清理。

這個健身器材會隨時間變重，直接取代傳統型。

吃過寶寶米餅後想戒掉其實很難。

拔拔的便便的確讓人聞香下馬。

熱愛遙控器

放飯時間

帶小孩一字訣——

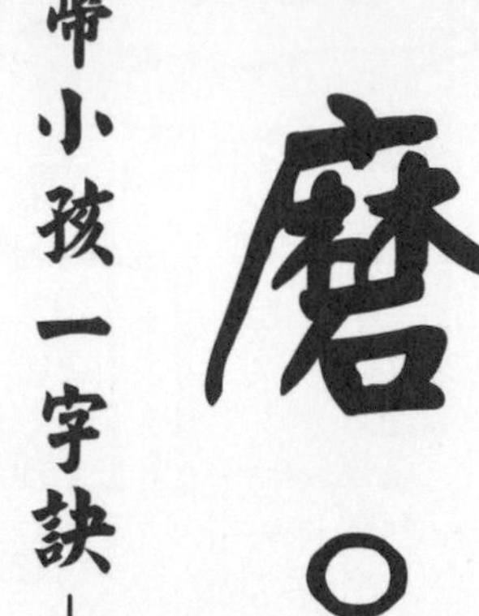

會利用拍打昂貴物品分散你注意
堤防對方使用凌波微步攻你下陰
隨時得注意對方不經意的獅子吼
誰先露出破綻就會被對方牽制
除了比內力、氣血、還得比耐心
未先耗盡對方內力無法將對手之束手就擒
帶小孩就好像與武林最強高手對決

趕快過來喝奶！

面對寶寶，請全神貫注過招！

同化

早上

拔拔在教菜、肉包說話啊，真厲害・・

來，叫拔拔~

那麻麻放心去上班嘍！

咿咿呀~

傍晚

嗎的・・竟然跟他們同化了・・

咿咿呀~

咿咿呀~

達達~

菜市場買菜只要看見與我相同的奶俠，就有種
二個漢子！幹！真男人！
唔！背二個！！
是頂尖高手！
等等！他該不會就是傳說中
的新店雙奶流高手—菜皇？
這大俠氣宇
非凡！真想
結識他・・
兄台過獎！我們雖無交談，
但你我眼神早已融會交流。
在下的確是雙奶流的第一把交椅—汶菜！

英雄惜英雄的感覺。

太恐怖了，專攻頭部啊！

記得回家抱一下家人！

這個會讓小孩變得很亢奮‧‧

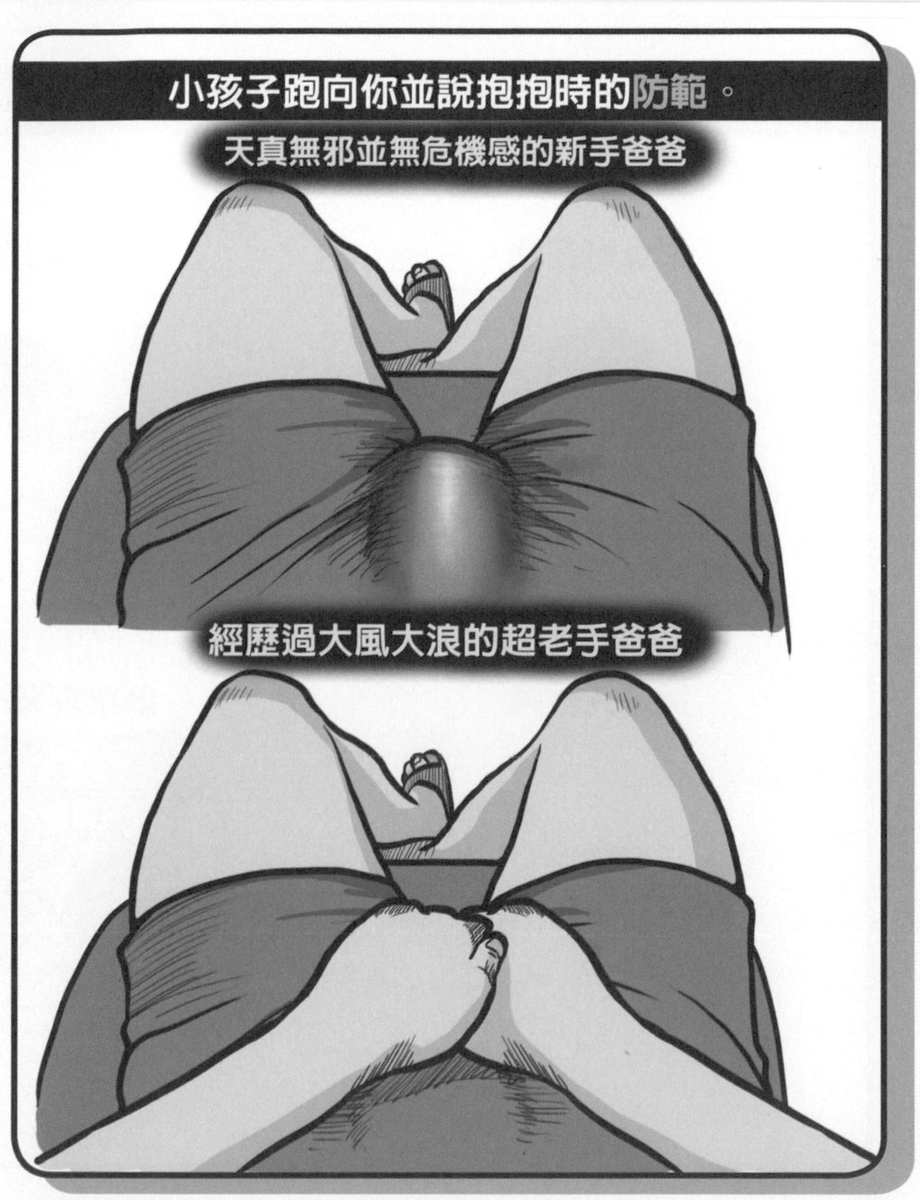
小孩子跑向你並說抱抱時的防範。
天真無邪並無危機感的新手爸爸
經歷過大風大浪的超老手爸爸

寶寶一天當中最可愛的

早晨還在睡

玩累後小睡

哭鬧完就睡

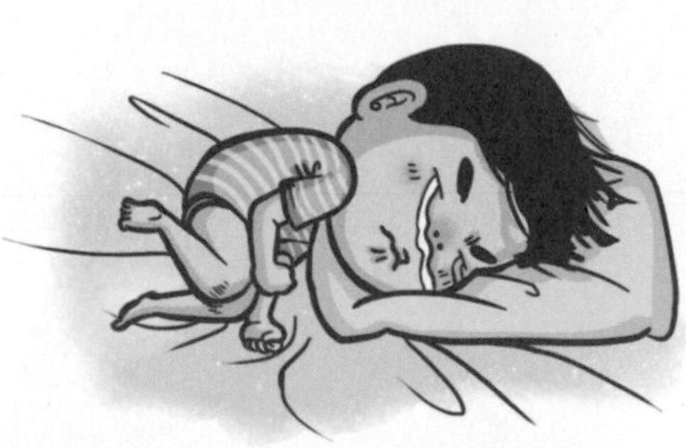

做錯事裝睡

六個時段。

午休繼續睡

夜晚勉強睡

我的心得是：不制止調皮寶寶，真的會被玩到飽。

避免孩子心靈受創，該吃的還是得吃。

可怕的家庭食物鏈。(吞口水)

泡奶灑出來的量集中起來可以湊五百罐。
好啦，別催！
就正在弄咩！
!!
!!!

六種錯誤的抱小孩方

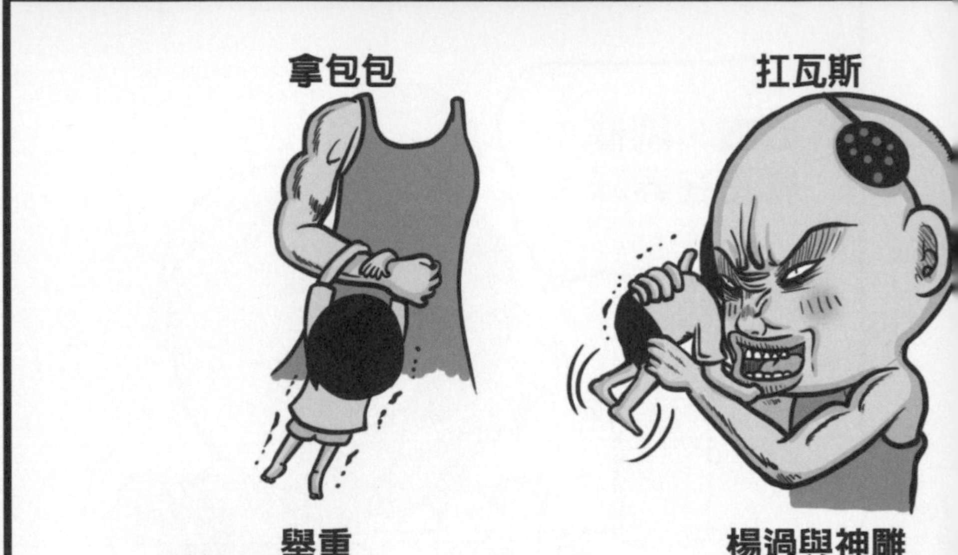

拿包包

扛瓦斯

舉重

楊過與神雕

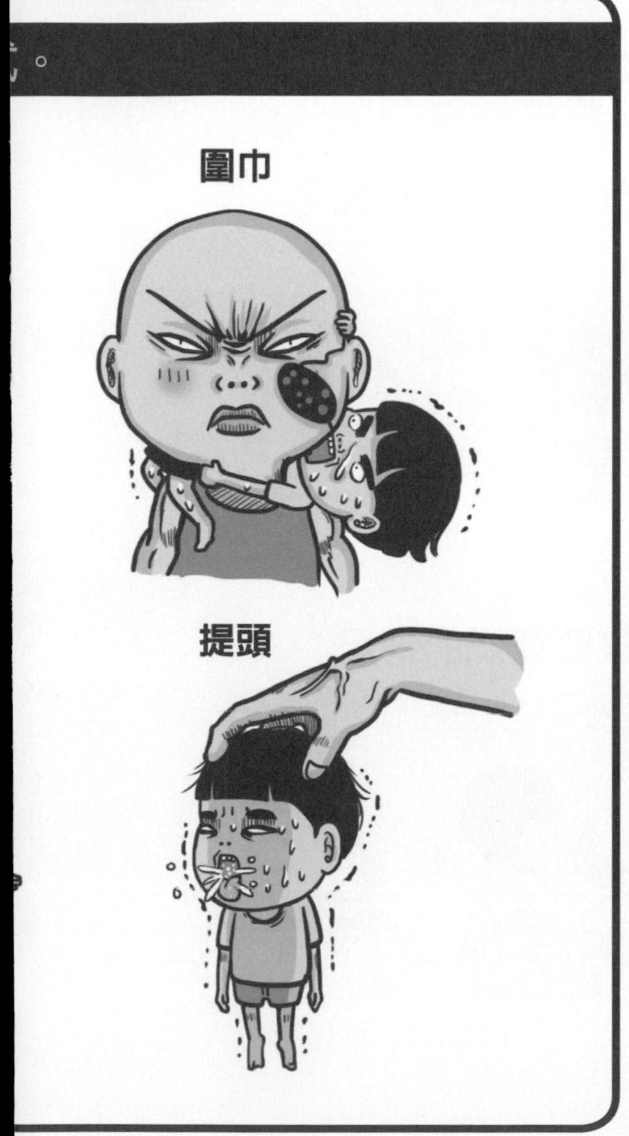
圍巾
提頭

小孩詭異行為

平常沒小孩來家裡玩的情況

有小孩來家裡玩的情況

一起洗澡

不好吧，你們確定要跟拔拔一起洗喔？

要！

傻孩子，爹早說別一起洗了。

！！！

避免同時體力耗盡，善用車輪戰
還沒好嗎？
快撐不住了・・！
碰！
碰！
碰

帶孩子是致勝關鍵。
碰！
碰！
娘快回滿了！
差20%・・！

麻麻被打槍

地上玩具收好啦！

不～要！

快點睡啦！都幾點了！

不～要！

不要玩遙控器啦！

別用跑的！

不～要！

麻麻買東西

麻麻買東西總是猶豫不決

終於等到麻麻決定好要買了・・

我家也有裝置藝術‥
【玻璃手印】
表達想出去
的渴望？
【貝殼
這是陷
【沉睡的電視機】
讓電視沉睡的概念？
【攀岩踩踏機】
讓踩踏機登上電視
櫃的意識形態？
【食物渣】
意義不明
【洗衣袋挖出來的內褲】
暗示我在家強勢點？

【牆壁手印】
不給糖吃的
憤怒內心戲？
【玩具停車場】
被五馬分屍該
怎詮釋呢‥
【歪掉的餐椅】
摸不著這個裝置
表達甚麼主題？

當孩子誤踩你／妳地雷，切記勿魔化。

哭哭，香蕉比父皇更重要就對了。

終於開始穿媽媽
快··快把
鞋鞋還媽媽！

的拖鞋。

父母幫小孩穿衣服

冬天，父母跟長輩幫小孩穿衣服的成果。

長輩幫小孩穿衣服

後來我才明白為啥沒有一個父母肯用寶寶哭聲當鈴聲。

註：媽媽魔化最高只能到 99%，100% 的話就無法變回人類了

強魔王媽媽銅牆鐵壁防禦SS級
魔化僅20%

結論：全部都是長輩善意的謊言。

你們壞壞，去罰站！
不要啦！
不要啦！
你‧‧你們知道這是誰？
五指併攏手貼緊褲縫身體微微向前傾

棒棒！
加油！好棒
加油！好棒
加油
棒棒！
加油
加油！

！乖兒子！
！收玩具！

~~老實說，我們比較擔心褓母・・・~~

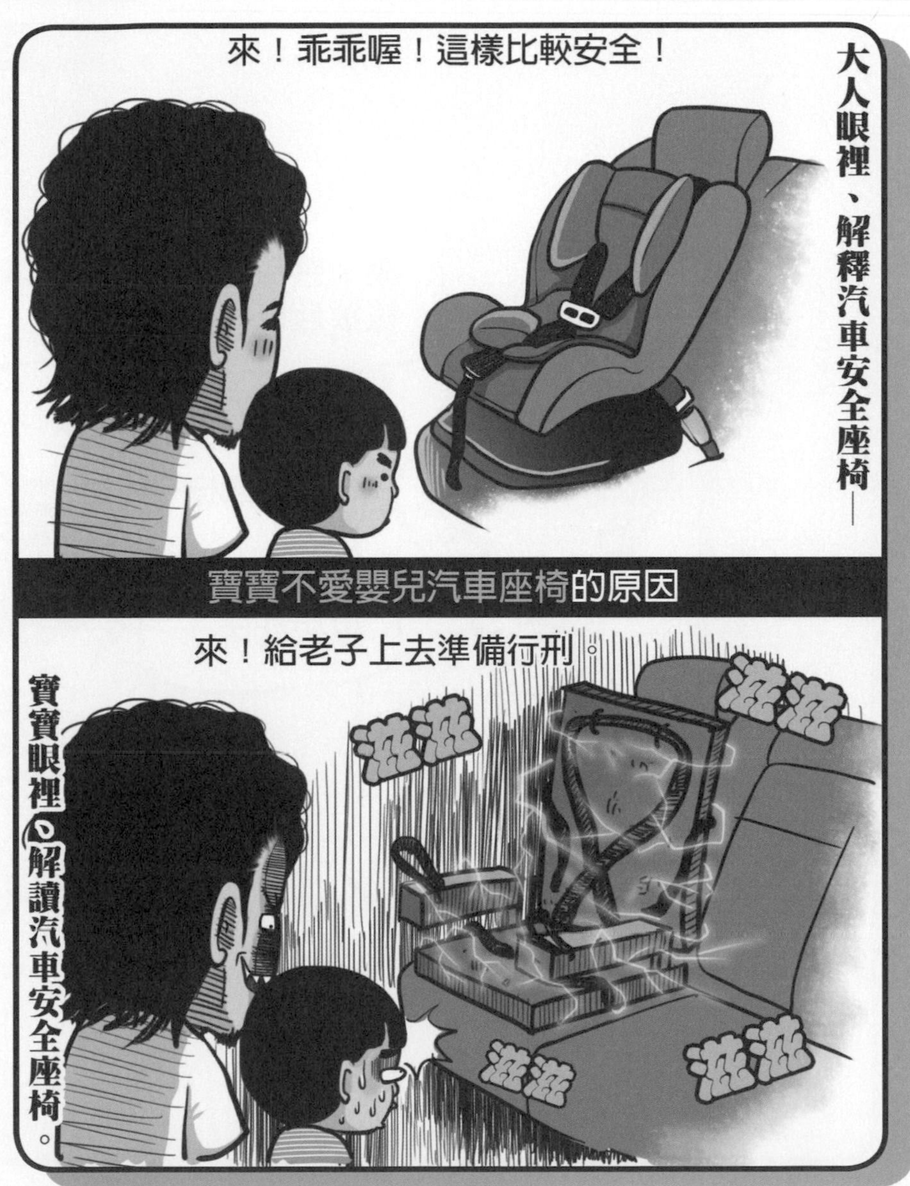

他們害怕不知道哪時候椅子會啟動電流，所以一坐上去就會掙扎。

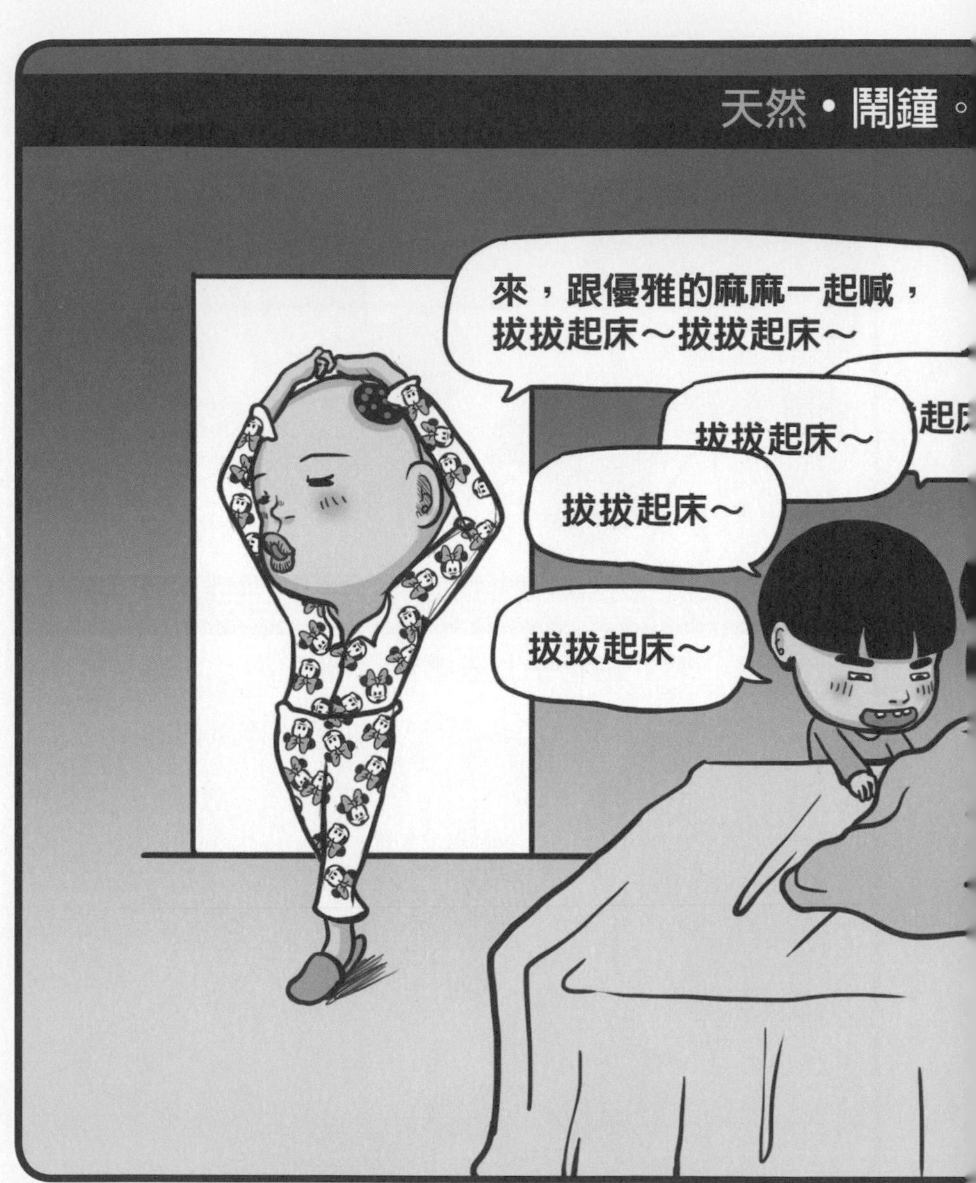
天然・鬧鐘。
來，跟優雅的麻麻一起喊，
拔拔起床～拔拔起床～
拔拔起床～
拔拔起床～
拔拔起床～

拔拔起床～
拔拔起床～
拔拔起床～

終於在連拍第 423 張，捕捉到野生寶寶正面照一次。

目前我帶領的種子隊，新店區已拿下。

你們怎麼餵寶寶？

趣味馬戲團

漢尼拔模式

願者上鉤

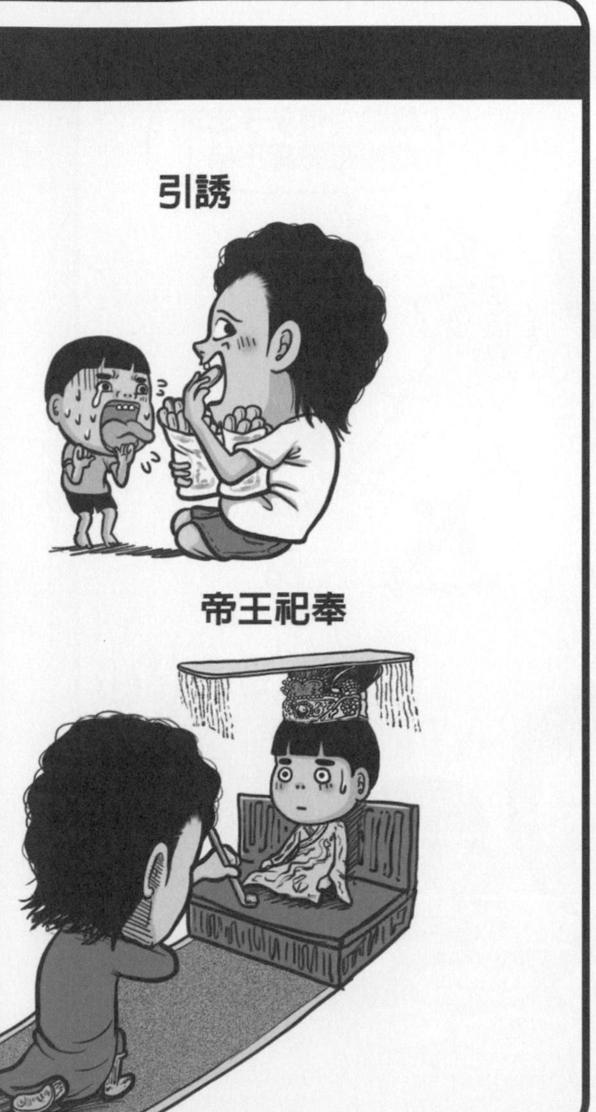
引誘
帝王祀奉

出門用餐能平安活著回家就不錯了。

傳承給孩子的一份珍貴禮物。
親愛的，你以後想要
傳承什麼給孩子們？
我的地位。
你是說以後也要
培育他們畫畫？
20年後
爸！你被媽奴役，
幹嘛牽扯我們？
我・・我終於退役
不用打掃家裡了。
弟，不許對
父皇無禮。
傳承
1.洗衣服
2.掃拖地
3.兼跑腿
4.倒垃圾

即使同樣的食物，
父母吃的食物永遠都比較好吃。

自從他們知道通風口可以往內看・・

那天教完，我竟然都不用做家事。

放風考核。

哥哥，今天帶你們去放風，
你總共甩開我的手32次、跌倒18次、
哭鬧26次、不願意走10次、
你是不是不想從家裡畢業了？

弟弟今天放風表現
良好，記嘉獎一次。
神經病！

如何讓小孩心甘情願的喝感冒藥？
看什麼，這是拔拔要喝的，
不能給你們喝啦！走開！
給我！給我！給我！
真拿你們沒辦法呢，
哥哥你下一個吧・・
給我啦・・
傻瓜・・

買再多相同的玩具結果都一樣的。

我們的一小步，卻是寶寶的

有時候牽著走路，
都忽略了後面跟得很吃力的小傢伙們。

很多步。

來，拔拔幫你們洗雞雞！
拔拔會很
溫柔的‧‧
溫柔
洗洗
啪！
啪！
拔拔不要！
啪！
啪！

溜10次
溜100次

看越久．．越覺得小孩
好像異次元生物．．
呀！我的！
拖鞋
菜

啊！不要～
（高八度音）

天地會托嬰總舵
你感冒終於好了，乖，好好去玩吧！
走著進托嬰中心——
托嬰中心有感不完的冒。
天地會托嬰總舵
感・・你・・涼？
(又感冒了？你・・頭上冰塊這樣比較涼嗎)
狼狽的爬著出來。

無奈到想罵髒話 Q_Q

腸病毒兒童居家護理反六要訣

1.喝啤酒、紅酒

多多補充酒分，酒精、烈酒即可。

2.吃滾燙食物

吃滾燙食物，讓口腔盡量增加疼痛。

3.四處跑

出入公共場所可以增加抵抗力兼把妹。

4.冰火五重天

舒適的環境就是減少適應能力，別讓孩子的人生太鬆懈。

5.玩屎趴

面對髒亂，才會懂得注重衛生。

5.自生自滅

觀察病情就是害他們，讓他們獨立吧。

看清楚，是「反」六要訣喔！

男子漢教學。
菜包，你是一個男人，身為
一個男子漢不可以東西被搶
就隨意流淚，知道嗎？
你的錢就是我的錢，
我的錢還是我的錢。
……

菜、肉包的假日一天二十四小時怎麼過?

AM4:00

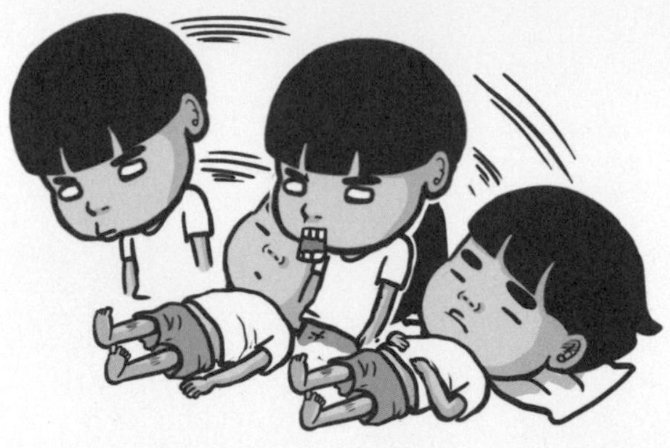

9999999mah

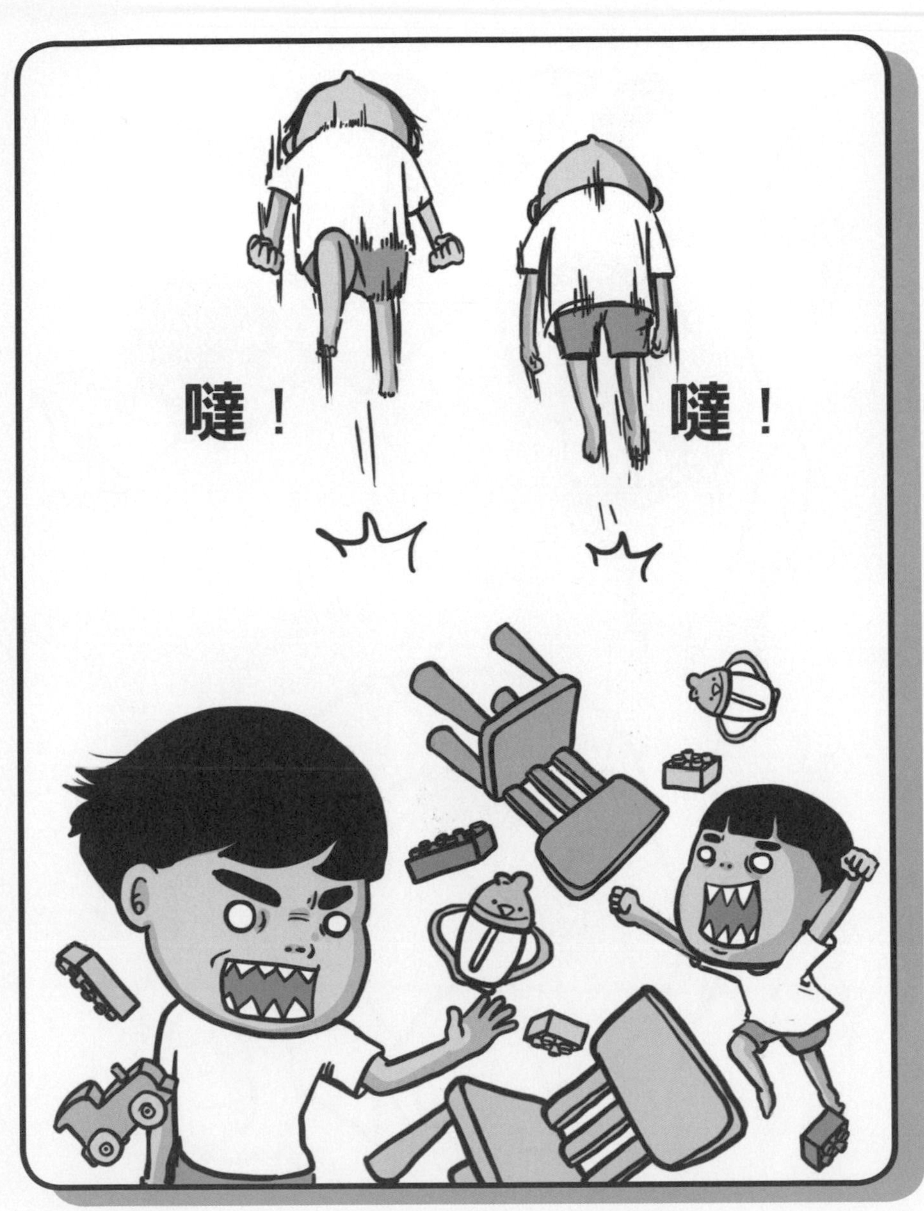
噠！
噠！

PART 2
魔王掌下生存之道

你要永遠對我好喔！
廢話，這不是男人
應盡義務嗎？
啪！

如果這世界
沒有菜就沒有包
大家好，我們是菜菜包包。
這裡很逼機請勿直視超過一分鐘
若造成心情受損概不負責(扭)
妳臉好逼機。
你才逼機。

冬天最不洗番
男友/老公
女友/老婆做的事情
很不OK！
噢噢噢噢噢按營養！
愛我就得承受我的
寒冰神掌五百秒。

親愛的，別再問了！

這些絕對是情侶、夫妻之間最無聊的幾個問題。

結論就是：女人永遠都是這麼的麻煩（嘆）

夫妻兼朋友

唉，我都沒有可以聊心事的朋友・・
笨蛋・・・我可以當你知心的好友啊！沒聽過是老婆也能當朋友的嗎？好了，我的知心好朋友，你有啥心事呢？
我・・我老婆超・・超逼機的・・你知道嗎？她有時超任性的・・

沒朋友

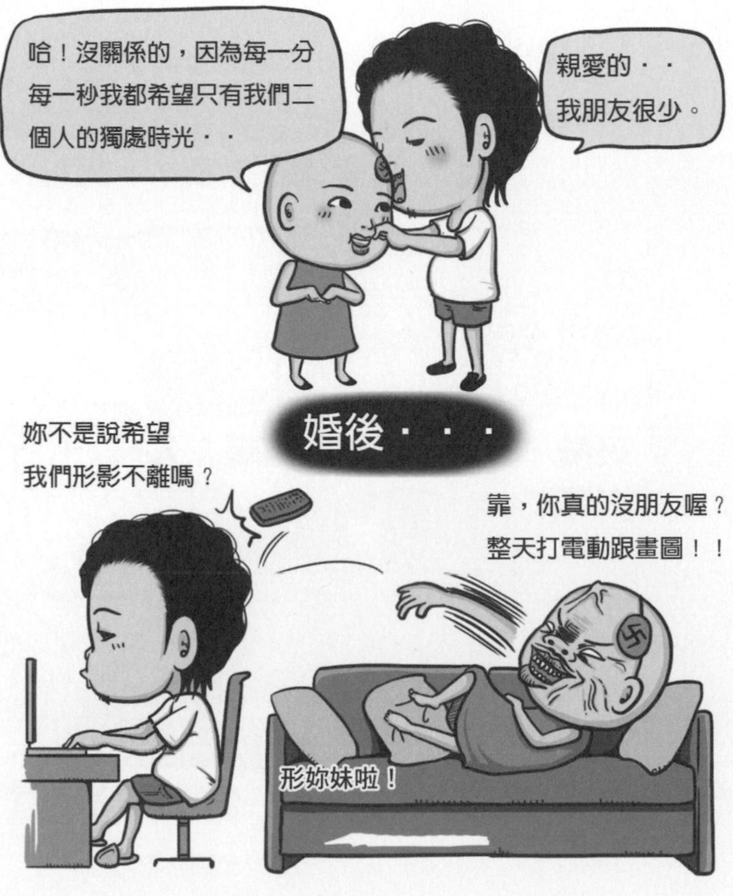

親愛的・・
我朋友很少。
哈！沒關係的，因為每一分每一秒我都希望只有我們二個人的獨處時光・・
婚後・・・
妳不是說希望我們形影不離嗎？
靠，你真的沒朋友喔？整天打電動跟畫圖！！
形妳妹啦！

腦公，兒子說他們想吃雞腿・・

可是現在半夜・・好啦！我去找・・

腦公，兒子說家裡有點亂・・

好啦・・廁所要順便掃嗎？

要。

腦公，兒子說他們想喝黑麥汁・・

好啦・・立馬買一箱・・

腦公，

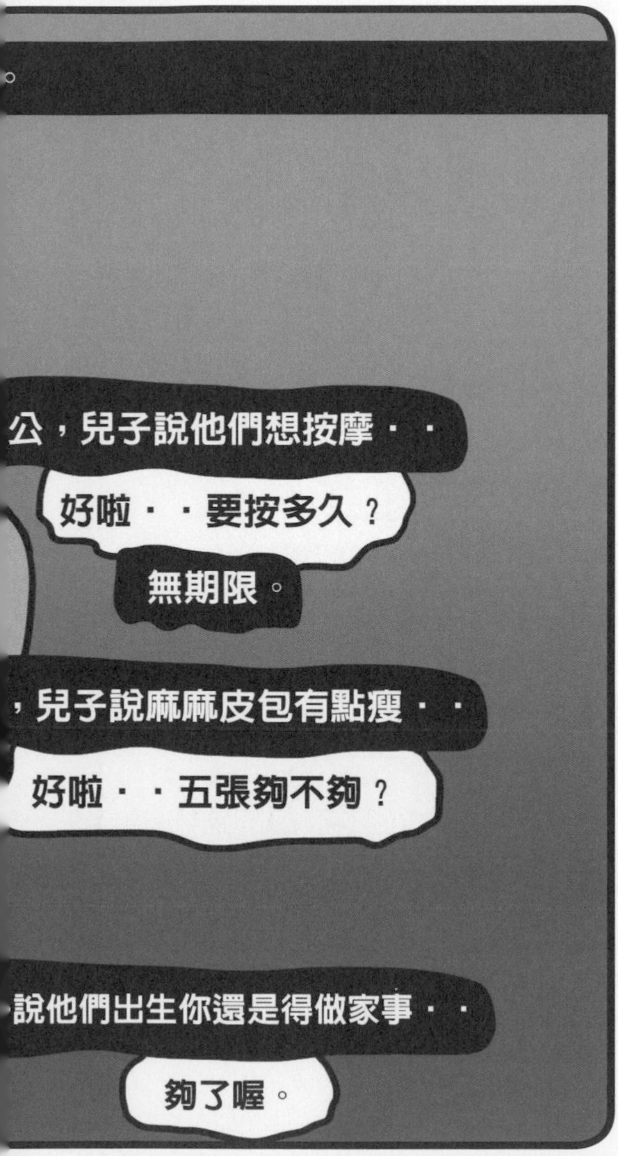

。

公，兒子說他們想按摩・・

好啦・・要按多久？

無期限。

，兒子說麻麻皮包有點瘦・・

好啦・・五張夠不夠？

說他們出生你還是得做家事・・

夠了喔。

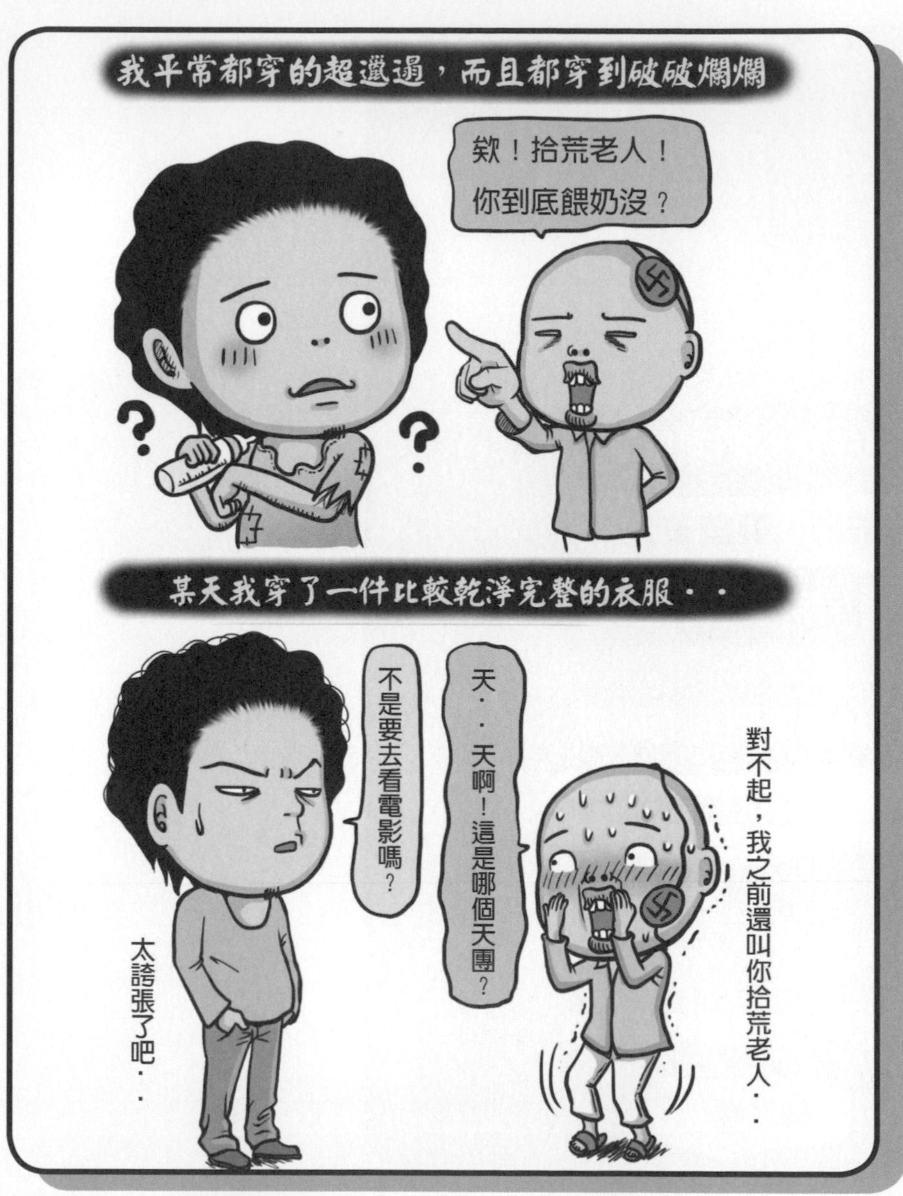
我平常都穿的超邋遢，而且都穿到破破爛爛
欸！拾荒老人！
你到底餵奶沒？
某天我穿了一件比較乾淨完整的衣服・・
對不起，我之前還叫你拾荒老人・・
天・・天啊！這是哪個天團？
不是要去看電影嗎？
太誇張了吧・・

夜义模式
混帳東西！你東西到底
要不要收好啊？豬喔？
喔好啦。
（敷衍）
深喉嚨模式
嗯～腦公公～幫人家整理一下嘛～
腦公真是條男子漢，好MAN唷！棒棒～
扭扭
立馬收。
咻！

基因之爭。
你知道我們的孩子
為什麼這麼可愛嗎？
當然是因為我的基因啊！
是我的關係啦！
是我啦！
是我啦！
是我。
是我啦！
是我啦！
嗯‧‧
是你的關係。

基因爭執破解：金下去。

那個來很好用。
親愛的我那個來還是不舒服，你去泡奶順便帶他們去托嬰好嗎··
媽媽～媽媽～
唔··好冷喔··
妳那個來都已經三個月了，怎還沒走啊··
真想窩在溫暖的被窩裡···

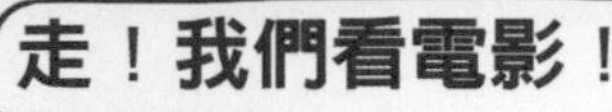
小孩綁約中

走！我們看電影！

啊‧‧家裡就有電視了。

好久沒看夜景了！

啊‧‧看窗外就好了啊。

夜晚了！來PK吧！

啊‧‧被放免戰令了啊。

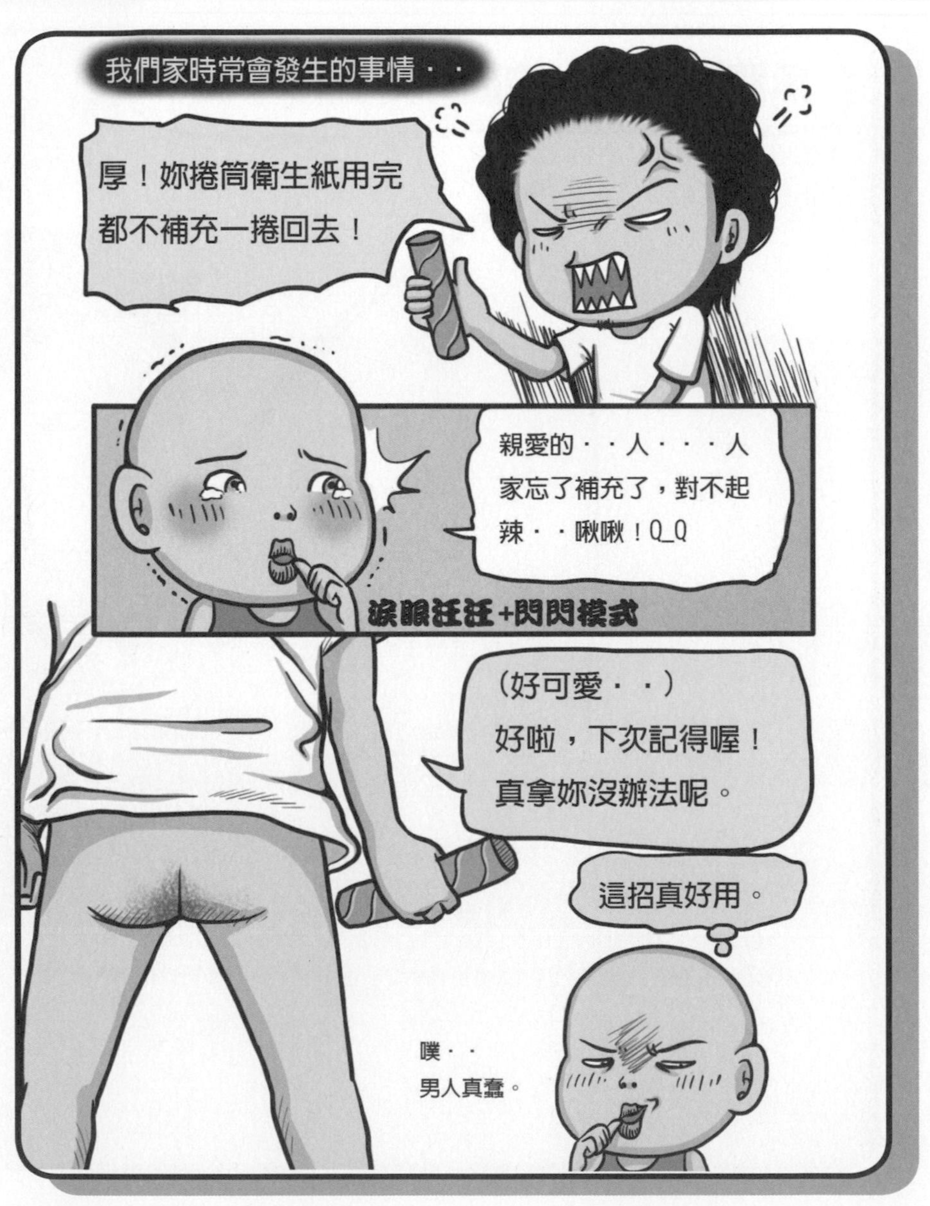
我們家時常會發生的事情・・
厚！妳捲筒衛生紙用完
都不補充一捲回去！
親愛的・・人・・・人
家忘了補充了，對不起
辣・・啾啾！Q_Q
淚眼汪汪+閃閃模式
（好可愛・・）
好啦，下次記得喔！
真拿妳沒辦法呢。
這招真好用。
噗・・
男人真蠢。

魚跟釣竿謀生的話妳想選哪一個？

釣竿吧，但我更想選你
拿釣竿釣魚給我吃。

婚前送禮需客氣
真是的，妳也不用破費啊・・
不用送啦！你有這心意就好了！喵～
婚後討禮別客氣
你又忘記買禮物了嗎？
那我的禮物哩？
妳以為只有妳會變修羅嗎？
轟轟！
滋滋！

背景配樂：東京愛情故事主題曲
婚前
我答應妳，每年
都會帶妳跨年。
嗯嗯‧‧
羞
婚後
好了，跨過去吧，
別妨礙我看PPS。
耶？
年

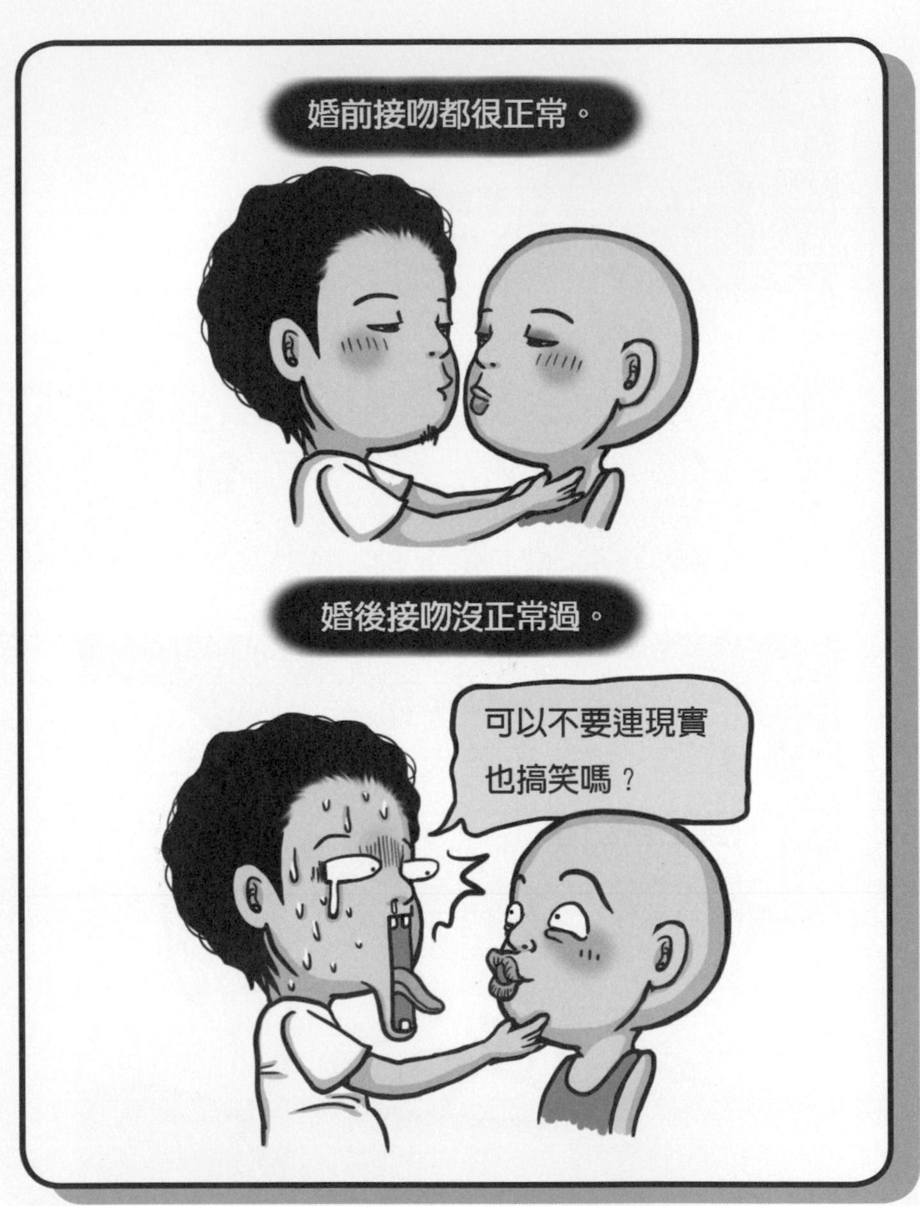

只有這點我完全搞不懂她到底想表達啥。

四年前
Happy Birthday！
今天我隨妳使用。
可惡，想拆‧‧
四年後
呸！老招。

掠奪

親愛的我要去買冰，妳要吃嘛？
我幫妳買，不然妳都會搶我的吃・・
我現在不想吃東西。
確定
不要嘛？
你好煩喔，
就說不要了。
買回來後・・
真速好吃溜～桀桀・・

單子

親愛的菜餅餅：
你願意幫等下起床後、要辛苦煮飯的老婆去菜市場買菜嗎？
□ 我願意。→→ (1)洋蔥(3顆)(2)蔥1把一把，(3)豆皮(滷味用)(4)你還想滷什麼就買.(5)花椰菜(2顆)
□ 我不願意。→→ 好、沒關係，那…午餐和晚餐就沒得吃了。
Date:
Subject:
看來看去好像只有一個選擇。

放假就是要被老婆欺負

不然要幹嘛？

奧義

魔王斬震威折骨技！

即使沒變，也一定要說有喔！

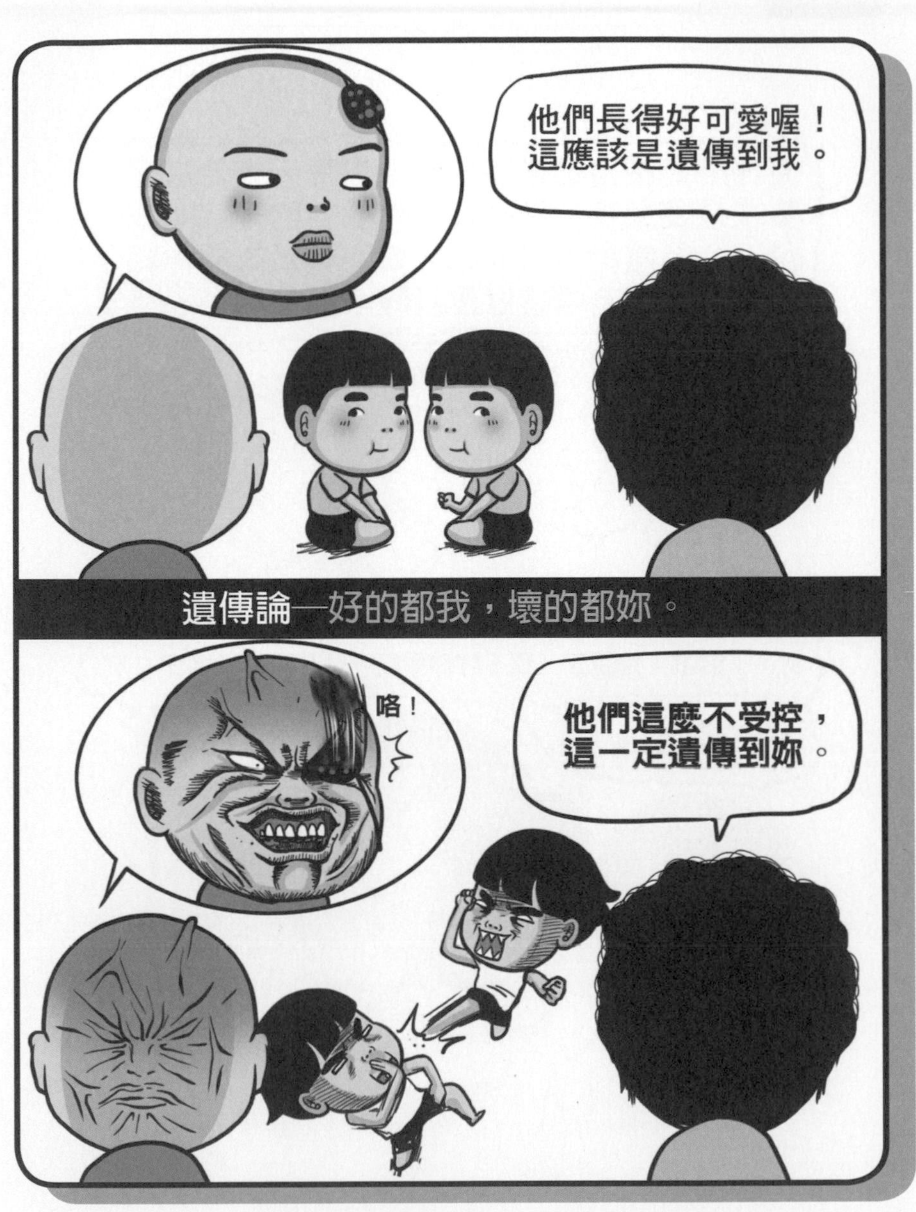

每次我講完這些話的下場都很慘。

520

為什麼你把自己畫這麼帥？你每天大便這麼多次是嬰兒嗎？為啥你在你朋友群組都叫我魔王？為啥把我畫光頭？幫你買新衣服你總是穿舊的？為啥這麼愛打呼？混帳啊～

討・・討厭！別說了，我不許你看見我現在狼狽的樣子・・

情人節禮物

情人節快到了我送妳包包，
妳挑一個喜歡的吧！
那我要送
你什麼？
哈哈不用啦三八雞，猴不才這樣。
再送你一個寶寶。
一個包包怎麼夠啊！
來，這是我的存摺！
都拿去用吧哈哈哈！
不准再說話了喔！
真蠢‧‧

現在已讀不回的罪很重，勿以身試法。
本官問你，你在．．．．．
2014年4月25日下午3點33分
2014年5月06日下午3點19分
2014年5月17日下午5點02分
2014年6月02日下午1點27分
2014年6月19日下午3點43分
以上這些時段已讀不回，
你肯認罪？知罪？
已讀不回天誅
我不服！我
真的在忙啊！
刁民！還有理由？

已讀不回＝沒有理由。

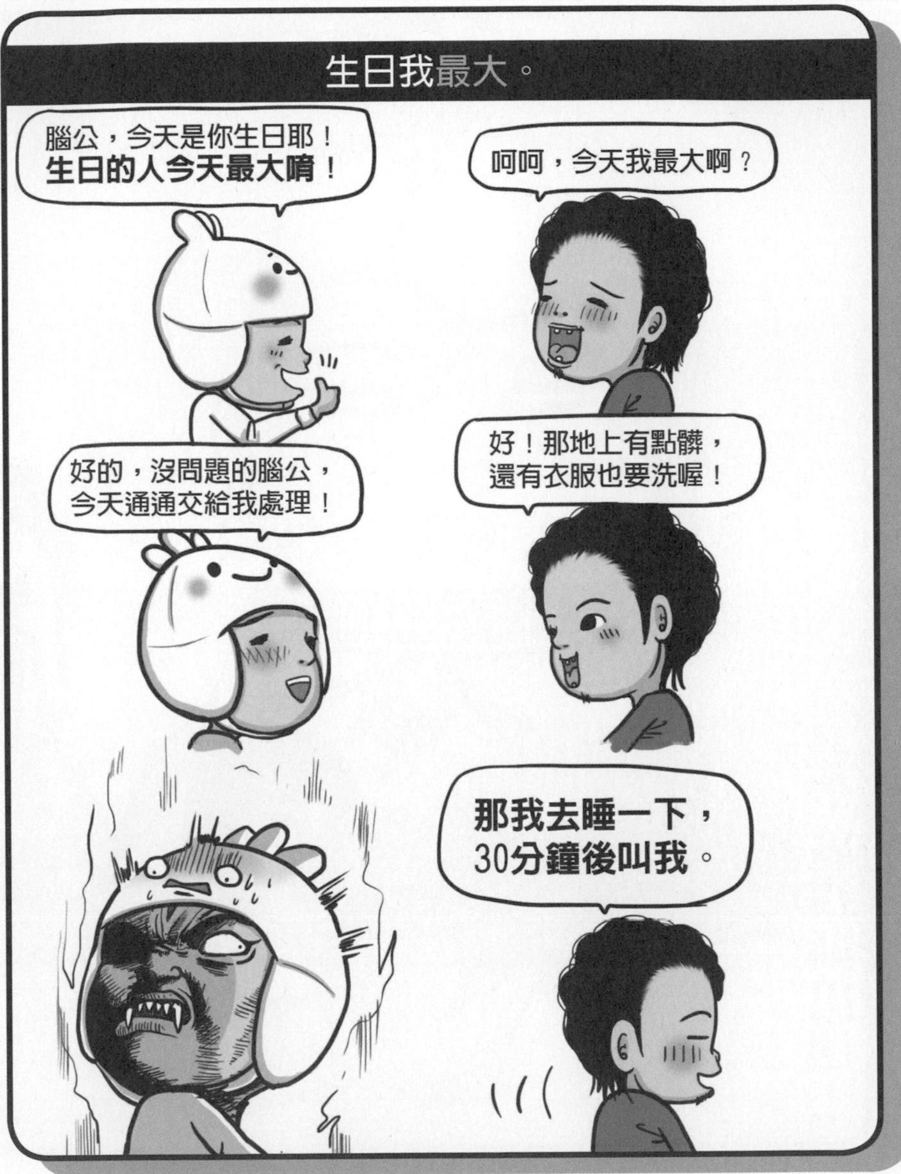

生日最大是沒錯，但記得收斂點・・（抖抖）

This is Sparta！
我們就得斯巴達！

當一個家庭被女人掌握——

品味

這雙鞋子好看嗎？

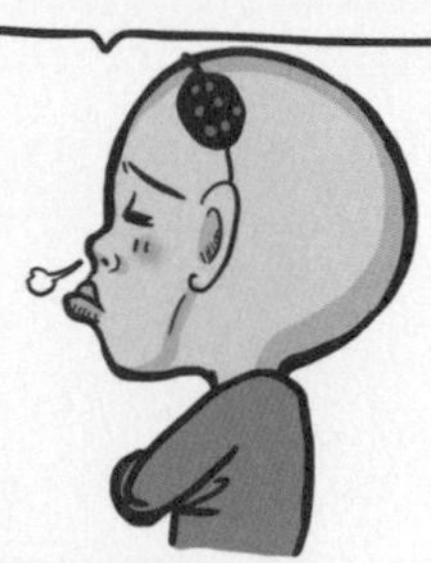
說真的你品味真的很低！
任何美感都沒有．．

我怕聽錯再問一次，你是說跟
妳結婚的我～～品味很．．？

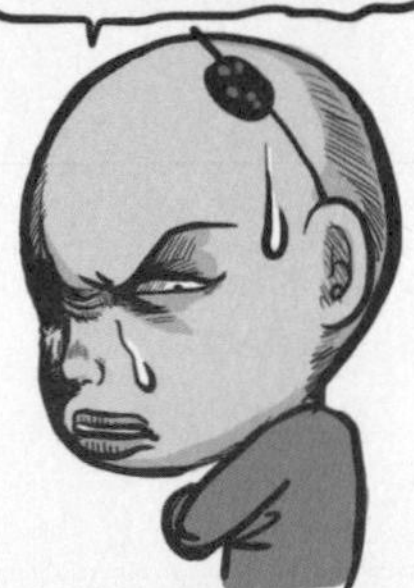
其實絕大部分的你，
品味還是很高的．．

男人什麼時候最帥

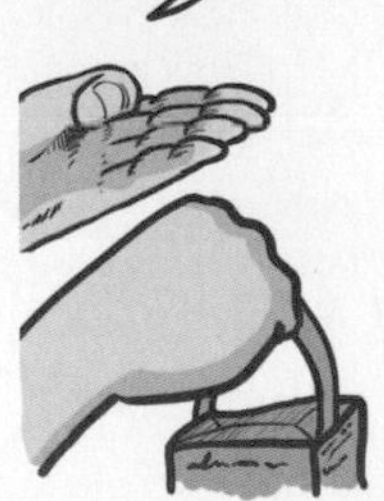

女友／老婆不爽的時候——
混帳！我不想理你了！我不會再跟你說話了！
妳最近是不是變瘦了？這句話，幾近無敵。
我知道妳不想理我了・・・
但是妳最近是不是變瘦了？
噢・・親愛的・・
記得說出這句話。

吵架氣氛瞬間消失殆盡。

只要我們做好，我們永遠是最帥的。

腦公，大家都說你怕我欸・・
傻瓜・・
我怎會怕妳？
外人懂什麼，
這叫做尊重。
也是，聽某嘴，大富貴。

魔王包

10分鐘前

討厭，捨不得吃>///<

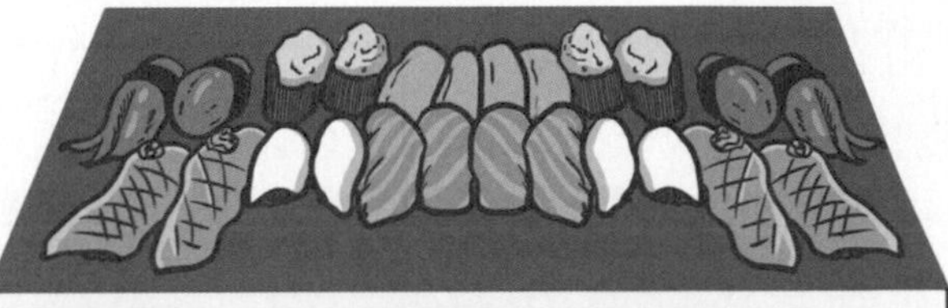

讚・留言・分享

張欣瑜、黃俊郎、林發條以及其他123541**都說讚。**

檯面下的事實是・・・

女人家庭聰明生活偷閒

腦公你顧小孩又這麼會做家事好像金城武喔
一家之主還這麼有擔當不簡單呢．．
我真的覺得你超酷的，連我朋友都崇拜你呢
呵呵沒有啦！小事
對了，髒衣服滿了
跟馬桶有點髒髒．．
哈哈！那我等等
再去洗衣服跟刷
馬桶！

小妙招。
壓咿呀！！
（爸中計了。）

別笑場啊！

如何把老婆/女友拍出最美的模樣。
．．．
你每次都把我拍得好醜！討厭～
拜託你這次幫我拍美一點好嗎？
好。
拍美一點啦！
拍朦朧美
不會嗎？
你看其他
人拍的．．
你看看你．．．
open
拍好了。
我看！
DISP

這就是最美的畫面。

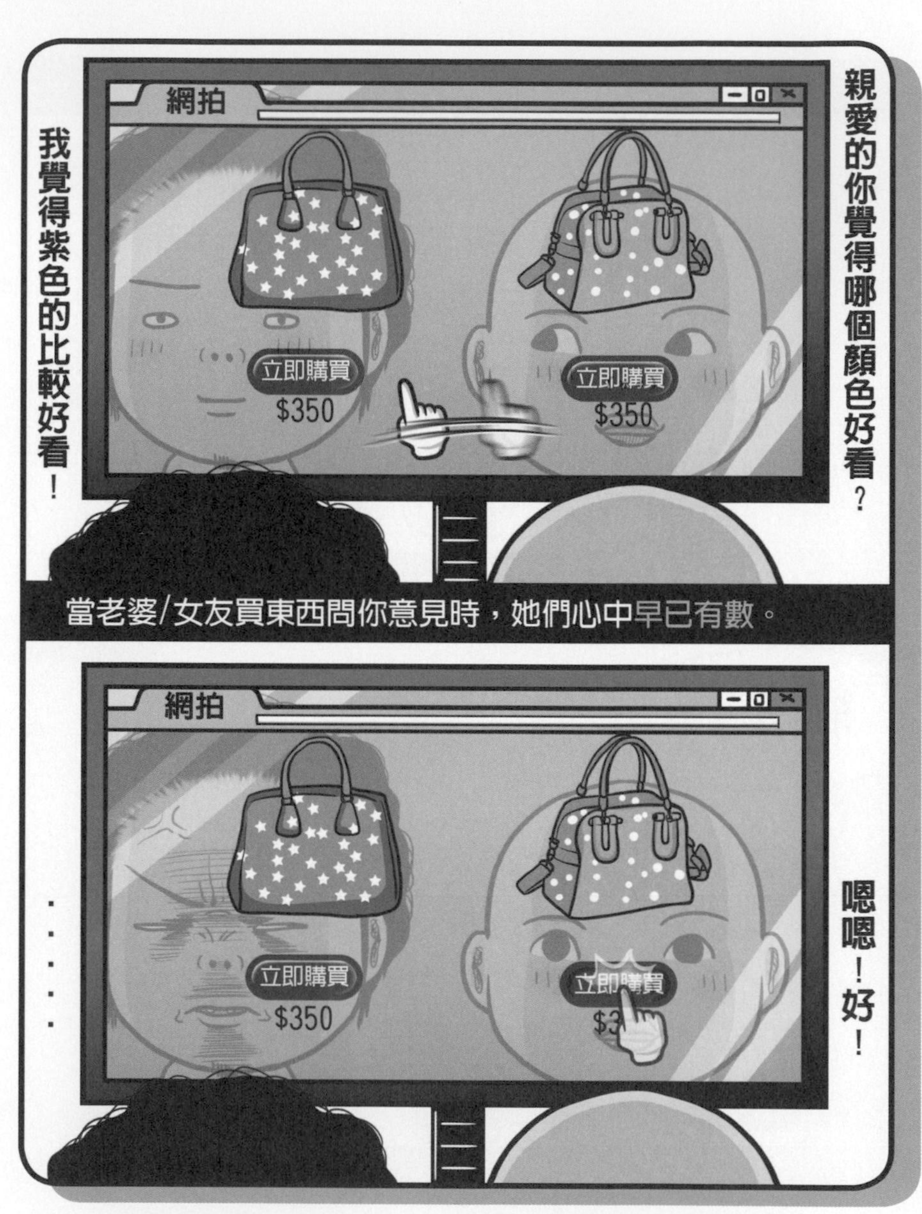

有趣的是每買一次問一次，然後永遠沒有採納過我的意見。

曾經無意間看見肥包某次單手提起重櫃而面不改色。

親愛的，嘟嘴只有一次額度啊。

有啥購物願望要一次講齊，因為此招只能騙一次。

婚姻，就是1%的犧牲和99%的維持

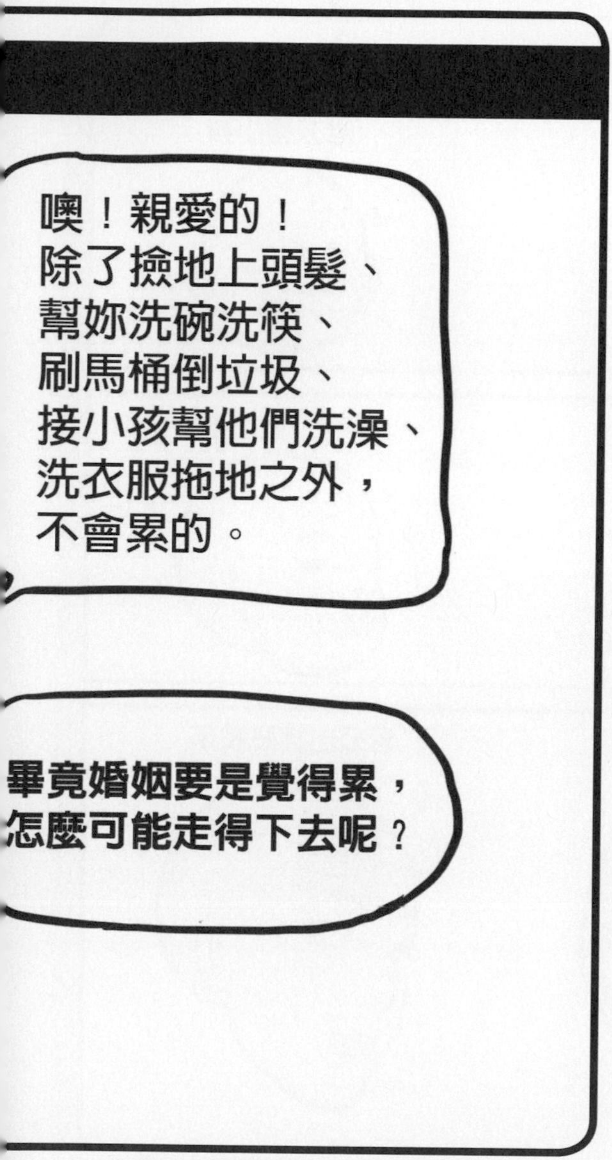

噢！親愛的！
除了撿地上頭髮、
幫妳洗碗洗筷、
刷馬桶倒垃圾、
接小孩幫他們洗澡、
洗衣服拖地之外，
不會累的。

畢竟婚姻要是覺得累，
怎麼可能走得下去呢？

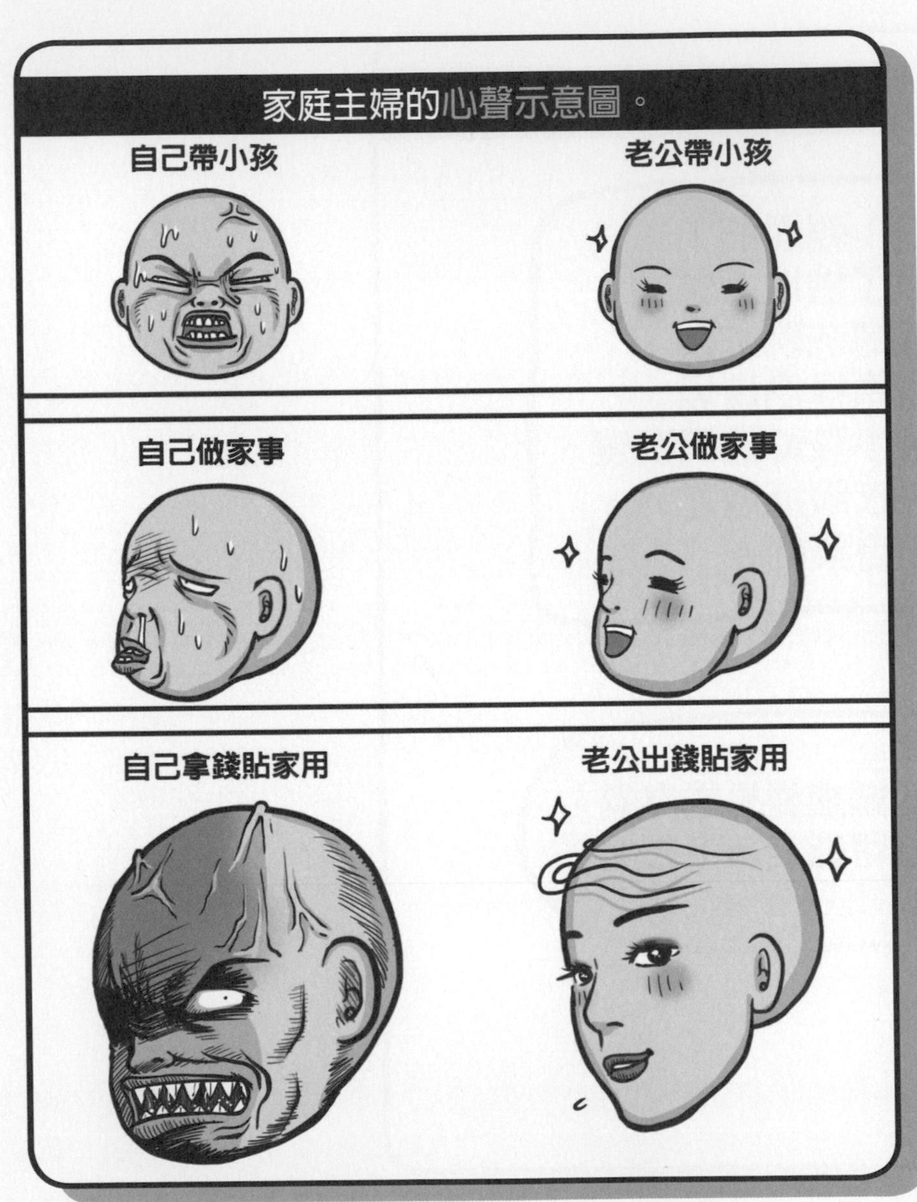

老婆能不能保持漂亮，老公其實佔很大的因素。

與魔王包獨處的一天二十四小時怎麼過？

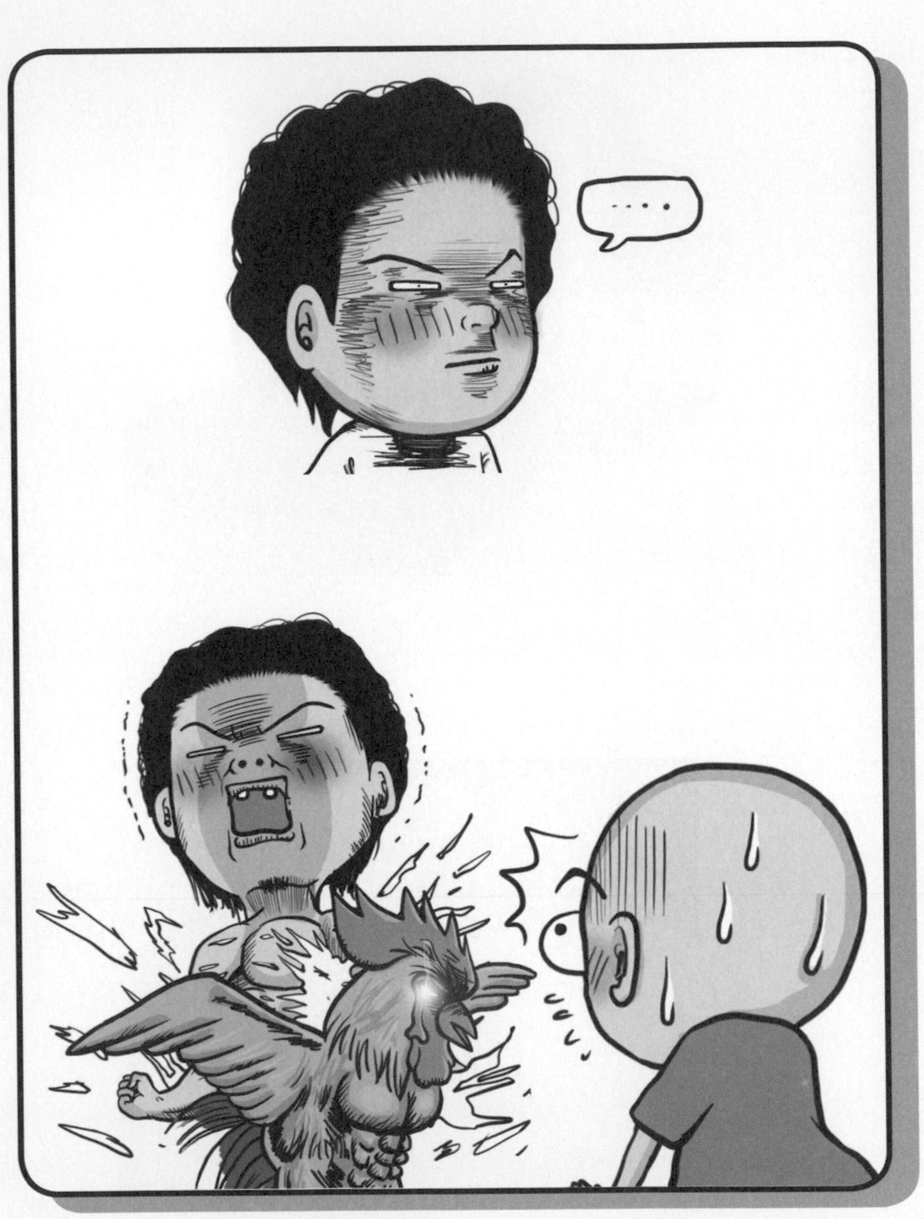

咻！
碰！
玉山山頂

自己獨處的一天二十四小時怎麼過？

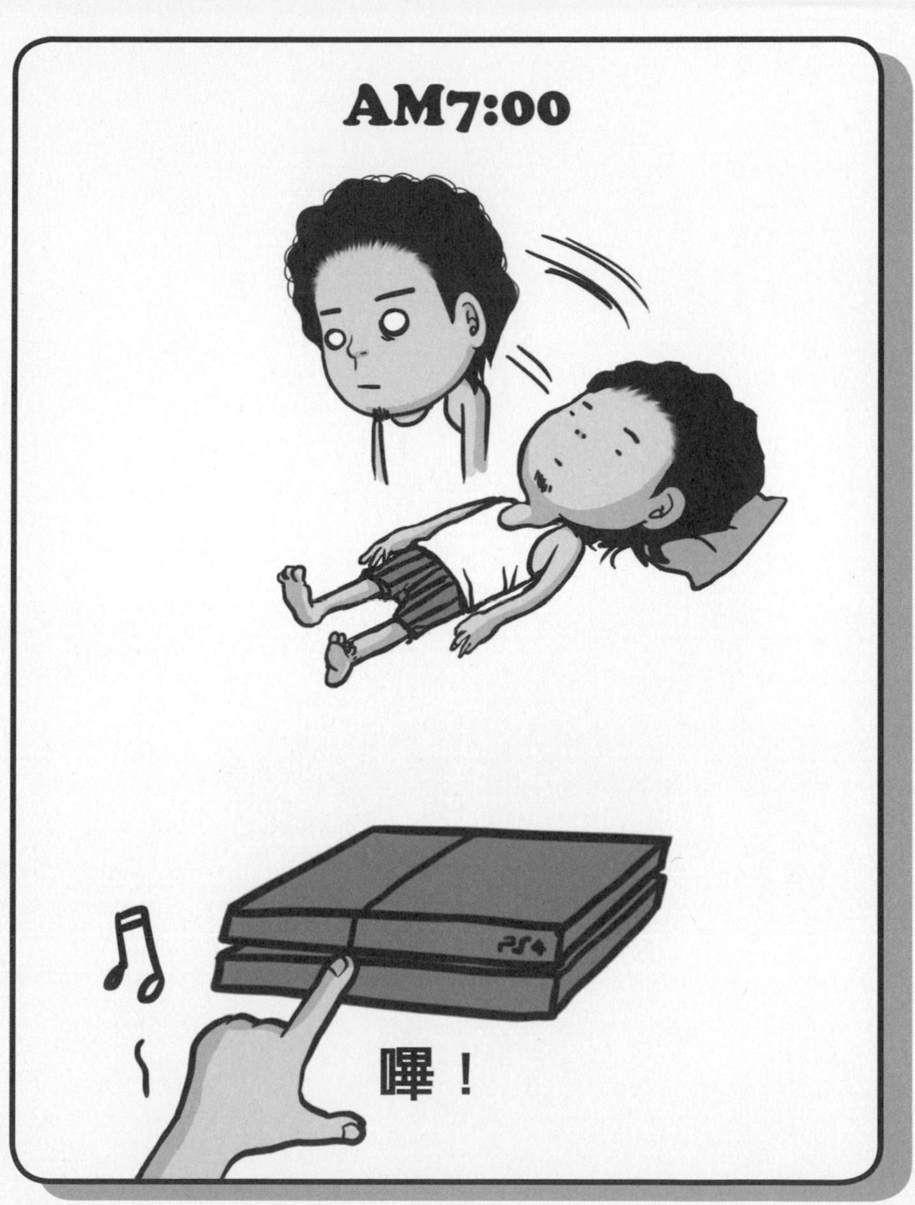
AM7:00
PS4
嗶！

菜朝

菜朝來了！
菜大王家庭叫癢血淚史

作者／菜朝

主編 / 林孜懃
內頁設計 / 丘銳致
封面設計 / 耶麗米工作室
行銷企劃 / 鍾曼靈
出版一部總編輯暨總監 / 王明雪

發行人 / 王榮文
出版發行 / 遠流出版事業股份有限公司
地址：台北市南昌路 2 段 81 號 6 樓
郵撥：0189456-1　電話：（02）2392-6899　傳真：（02）2392-6658
著作權顧問 / 蕭雄淋律師
輸出印刷 / 中原造像股份有限公司
□ 2016 年 6 月 1 日　初版一刷

定價／新台幣 299 元（缺頁或破損的書，請寄回更換）

ISBN 978-957-32-7839-9
YLib 遠流博識網 http://www.ylib.com　E-mail:ylib@ylib.com

國家圖書館出版品預行編目 (CIP) 資料

菜朝來了！: 菜大王家庭叫竇血淚史 / 菜朝著 .
-- 初版 . -- 臺北市 : 遠流 , 2016.06
面； 公分

ISBN 978-957-32-7839-9(平裝)

855 105008091

嗯？

天蠍座

・在愛情上看很清楚，表達愛意時顯得很有風度。
・知道自己要什麼，不會盲目的去對一個人有感覺。
・喜歡看別人因為愛自己而着急，來證明妳是愛我們的。
・會故作瀟灑、故作鎮定，不肯多做解釋，是天蠍特性。
・天蠍硬漢不搞欲擒故縱的爛招，排斥寧爛勿缺的思維。
・天蠍硬漢是真性情的帝蠍，一隻沒有任何壞心機的蠍。

平日使用臉書的心情抒發

菜朝
10月1號
老子她媽的就是要做自己！幹！
今天翹課去跳舞好了，哈哈哈！

大鵰、黑龍、砲神以及其他513人都說讚。

大鵰 幹！真男人！晚上來載我啊！
10月1號 9:20 · 讚

菜朝 載你妹機八毛啦！靠~
10月1號 9:25 · 讚

媽媽加入好友後的使用狀況

菜朝
11月3號
今天上課有很多我不懂的地方，
等等下課去圖書館繼續拚好了^^

你以及菜媽、大乖都說讚。

菜媽 兒子別太累喔
11月3號 17:33 · 讚

大乖 菜媽媽好
11月3號 17:40 · 讚

菜朝 大乖，今天上的課你聽得懂嗎？
11月3號 17:43 · 讚

我與人對話最不想聽到
這
嗯嗯我
懂你妹啊啊啊啊！
啊啊啊啊啊啊啊！

這句口頭禪。

明天來去看打呼門診，問問網友意見好了。
請問大家，
有推薦的地方
可以看打呼嗎？
……
公家機關
警衛室
教室
辦公室

如果裝沒錢的告白・・・

如果裝有錢的結果・・・

不同的角度，不同的
媽媽跟小孩的角度
奇怪，我最愛的
妻子孩子跑哪了？
菜
腦公好雄偉、
好莊嚴喔！
跟大樹一樣
替我們遮風
避雨‥

使命。
爸爸的角度
腦婆跟兒子好渺小！
我得更加保護她們‥
定握拳）

交往 / 結婚後的男人還能保持標準體態的 ‧ ‧ 簡直就是神。

加個微就會變文青

微電影（只是拍小孩短片）

微旅行（樓下晃晃）
蠢。
打個卡。

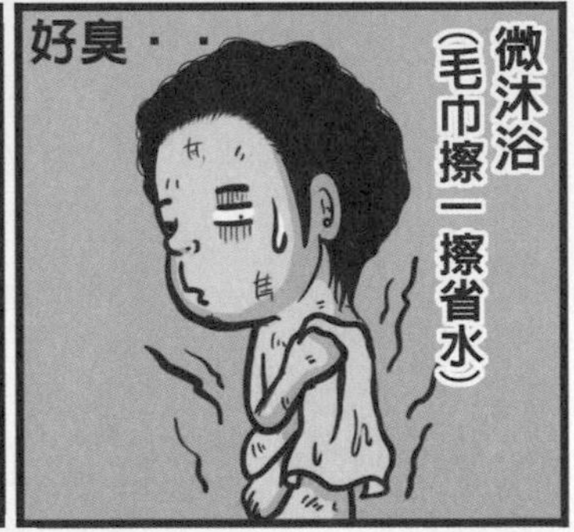
微沐浴（毛巾擦一擦省水）
好臭・・

微聚餐（樓下便利商店）
魔王便利商店
真隨興啊・・

微付款（五十塊肉羹麵付二十）
少年欸你叫小賀喔！
阿火麵店

微大號（排便不順）
首領，再加把勁！
快成功了！

每個胖子都必須要有一面

每天都得先建立一下信心

哈哈鏡。

男人內在與外在的蛻變。

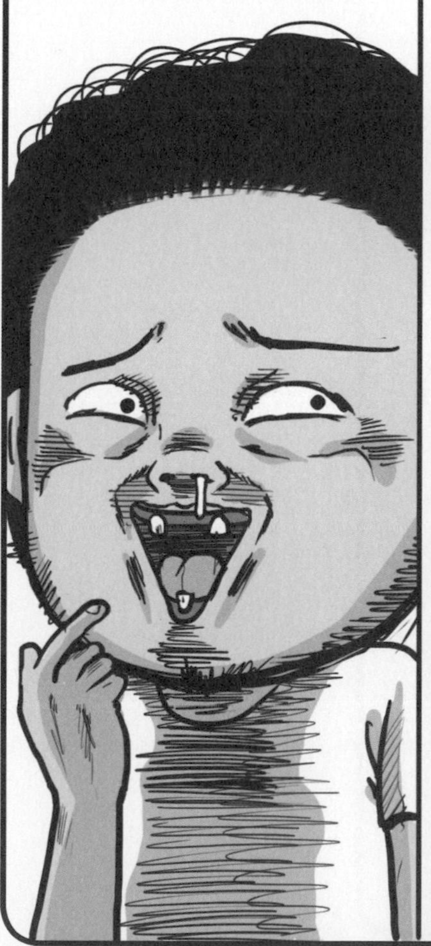

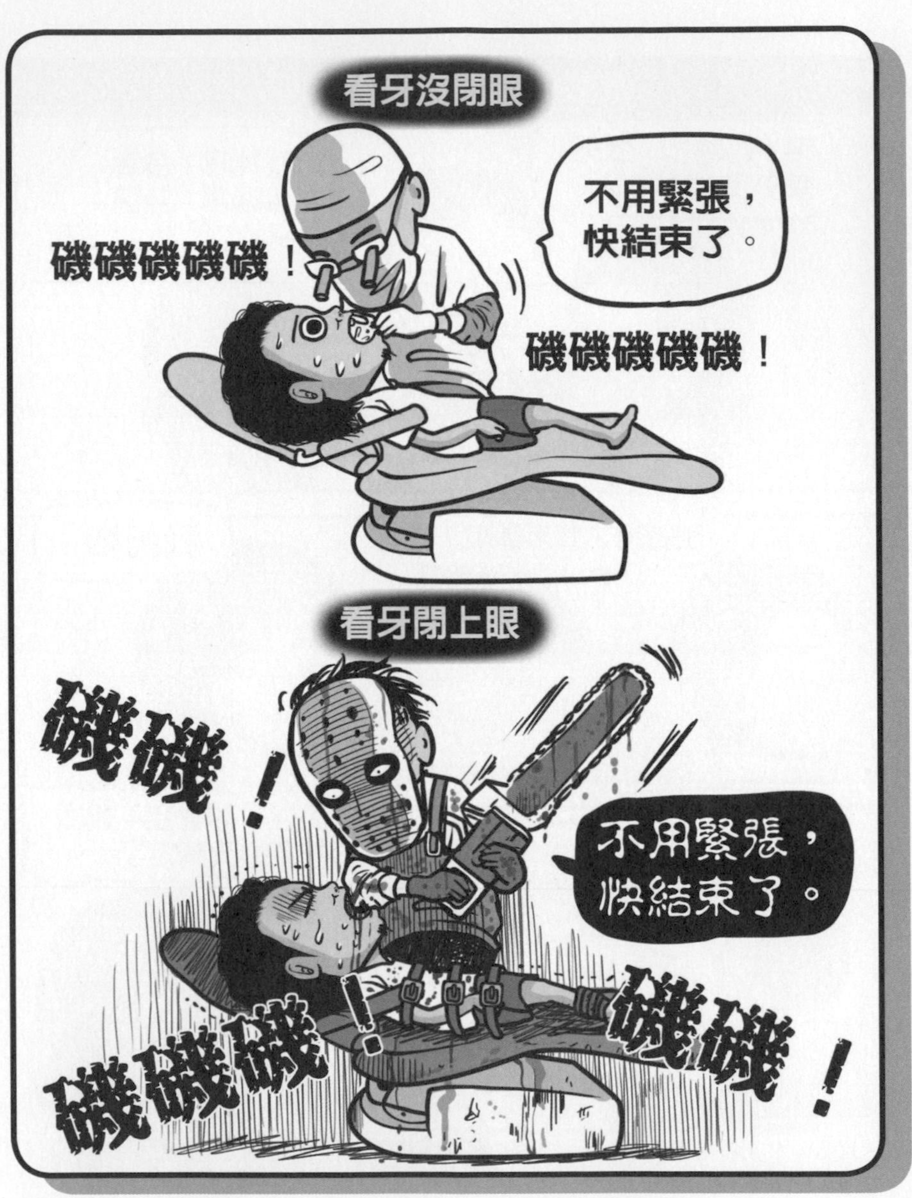
看牙沒閉眼
磯磯磯磯磯！
不用緊張，
快結束了。
磯磯磯磯磯！
看牙閉上眼
磯磯！
不用緊張，
快結束了。
磯磯磯！
磯磯！

面紅耳赤搶著付錢的戲碼天天在台灣上演。

PART 3

菜大王的男子漢碎碎唸